실크로드 위의 그림과 서사

게사르전 탕카와
서유기

실크로드 위의 그림과 서사

게사르전 탕카와
서유기

나선희 지음

學古房

이 저서는 2020년 대한민국 교육부와 한국연구재단의 지원을 받아 수행된 연구임
(NRF-2020S1A5B5A17087435)

서 문

　줄곧, 나는 실크로드위의 서사로서 인도의 라마야나와 티베트의 게사르전, 그리고 중국의 《서유기》에 관심을 가지고 있다. 여기에서는 그 중 게사르전의 내용을 그림으로 그린 게사르전 탕카와 《서유기》에 대해서 서술하고자 한다. 게사르전은 탕카라는 그림으로 표현되었는데 그중에서도 쓰촨성박물원의 게사르전 탕카가 유명하다. 아울러 《서유기》의 경우는 서유기의 내용에 집중해서 서술하였다. 두 작품의 접합점에 대해서는 계속 관심을 두고자 한다.

　일찍이 빅터 메이어라는 미국 학자는 서사와 공연, 미술(회화)은 분리되어 있는 장르가 아니라 서로 간에 영향을 주고받는 밀접한 장르라고 하였다. 하나의 서사는 서사로서 그치지 않고 이후 그림, 음악, 그리고 공연으로 확장되어 서로 영향을 주고 받고 있다.
　이런 확장의 측면에서 보았을 때, 게사르전은 서사시를 뛰어 넘어 탕카라는 회화의 영역으로 전진하였다. 이 책에서는 이처럼 회화의 영역인 게사르전 탕카에 관심을 가지고 서술하였다. 특히 게사르전 탕카에 대해서는 구미 학자로는 스터언(R. A. Stein)과 제프(Jeff J. Watt), 그리고 에이미(Amy Heller)의 견해를 중점적으로 보았고, 중국학자로는 리렌룽(李連榮)의 견해에 주목하였다. 회화 뿐만이 아니라 게사르전은 판소리의 일종인 설창으로 현재도 공연되고 있다. 우리나라로 치면 무형문화재(國家級非物質文化遺產代表性項目代表性傳承人)라고 할 수 있는 게사르전 설창의 전승인이 생존해 있다. 또한 티베트지역의 라싸 중캉짱찬관(拉薩仲康藏餐館)에서는 설창예인 자시둬졔(札西多杰) 등이 현재에도 게사르전을 설창으로 공연하고 있다. 이뿐 아니라 게사르전은 짱시(藏戲)라는 연극으로도 사람들과 만나고 있다.

게사르전 탕카에서 보이는 다양한 캐릭터는 그 자체로도 상당한 미학적인 아름다움이 있다. 이뿐만이 아니라 이를 응용하여 여러 가지 다양한 문화 콘텐츠로 활용 가능성이 있는 풍부한 가능성을 가지고 있다. 마치《서유기》의 손오공을 비롯한 삼장 일행이 동아시아의 중요한 콘텐츠로 자리한 것처럼 게사르전 탕카의 게사르왕과 전신구형제(戰神九兄弟)를 비롯한 여러 가지 캐릭터는 우리 문화의 저변을 풍부하게 할 수 있는 소재로서 활용 가능하지 않을까하는 생각이 든다.

이 책의 뒷부분에서 다루는《서유기》는 이 소설과 관계된 책 세권과 더불어 책 내용 중, 싸움의 양상에 대한 것을 서술하였다.

최근에 일본의 만화인 '귀멸의 칼날' 시리즈를 보았다. 이 '귀멸의 칼날'은 그 인기가 일본의 초대박 히트작인 '원피스'라는 작품을 넘어설 정도이다. 나는 이 독특한 제목의 만화를 주의 깊게 보았다. 그런데 이 내용은 《서유기》의 내용과 공통점이 있었다. 여기서도 내용의 중심은 개성을 지닌 주인공들과 적들과의 싸움이었다. 이 만화에 나오는 어떤 적들은 선악이 혼재하고 심지어는 가족을 이루려는 욕망을 지닌 존재들도 있었다. 이런 모티프는 《서유기》의 내용에서도 있다. 특히 우마왕과 그의 아내인 나찰녀, 그리고 홍해아는 하나의 단단한 가족애로 묶여 있었다. 여기에는 우마왕의 첩인 옥면공주도 한 축을 이루고 있다. 이러한 《서유기》 내부의 여러가지 모티브는 이후 사람들의 상상력의 자극하였을 것이다. 이것이 바로 《서유기》가 중국의 고전소설로서 살아있는 이유가 아닌가 싶다.

　연구의 여정에 도움을 주신 많은 분들께 감사한다.
　특히 진심어린 시선으로 격려를 아끼지 않으셨던 여러 선생님과 가족들, 출판에 신경 써 주신 하운근 사장님, 그리고 언제나 친절한 조언으로 이끌어 주신 조연순 팀장님께 꾸벅 감사의 인사를 올린다.

손정(蓀汀) 나선희

목차

I

쓰촨성박물원(四川省博物院) 소장본
게사르전 탕카*

1. 게사르전 탕카란?

중국 서쪽 지역의 대표적인 서사시인 게사르전[1]은 설창문학으로서 전수되었다. 설창문학은 설창예인의 공연으로 이루어지는데 이때 그림인 탕카도 중요한 역할을 하였다. 탕카는 서사시의 내용을 압축 소개하면서 전체 공연의 배경 역할을 하였다. 특히 게사르전의 경우 설창문학의 특성상 내용과 등장인물이 유동적이었는데 게사르전 탕카는 기본 내용과 등장인물을 고정화시키는데 중요한 역할을 하였다. 혹은 기본 원형의 유지에 일익을 담당하였다. 이런 점에서 서사시와 밀접한 관련을 맺고 있다.

현재 '전통 탕카' 중 게사르전 탕카가 몇 개 전해지고 있다. 그 중 유명한 것을 들자면, 하나는 쓰촨성박물원(四川省博物院)이 소장하고 있는 11폭 게사르전 탕카이고 다른 하나는 프랑스 기메미술관이 소장하고 있는 2폭의 게사르전 탕카이다.

여기에서는 이 중에서 쓰촨성박물원이 소장하고 있는 11폭 탕카를 분석하고자 한다. 그런데 본격적인 탕카 분석에 이전에 이들 탕

* 쓰촨성박물원 소장본 게사르전 탕카는 모두 11개이다. 이중 4개, 즉 용왕 쭈나런친(龍王祖納仁欽), 녠친둬졔바와쩌(念欽多杰巴瓦則), 게사르왕(格薩爾王 거싸얼왕), 전신구형제(戰神九兄弟)에 대해서는 필자가 《중국문화연구》, 제52호(중국문화연구학회, 2021년)에서 〈사천성박물원(四川省博物院) 소장본 게사르전 탕카의 초보적 시탐 - 게사르왕, 龍王祖納仁欽, 念欽多杰巴瓦則, 戰神九兄弟〉라는 제목으로 다뤘다. 나머지 7개의 탕카에 대해서는 이 책에서 서술한다.
1) 게사르라는 명칭은 현재 일반적으로 통용되고 있다. 그래서 여기에서는 게사르를 사용한다.

카에 대한 배경 고찰로서 게사르전 탕카의 연원과 쓰촨성박물원 게사르전 탕카의 유전에 대해서 먼저 알아본 후에 탕카 작품 분석에 들어가고자 한다.

쓰촨성박물원 소장 탕카의 중심인물은 모두 11명으로서 랑만졔무(朗曼杰姆)[2], 용왕 쭈나런친(龍王祖納仁欽), 형 동츙가부(哥哥東琼噶布), 녠친뒈졔바와쩌(念欽多杰巴瓦則), 짠선옌쉬마부(贊神延須瑪布), 게사르왕(格薩爾王 거싸얼왕), 동생 루주튀가(弟弟魯珠托噶), 전신구형제(戰神九兄弟), 뒈졔쑤례마(多杰蘇列瑪), 창바둥튀(倉巴東托), 누나 티례마(姐姐提列瑪)이다. 이 인물들은 각각 불교적인 전통과 티베트의 전통적인 토착신의 형상이 혼용된 것으로 추정된다. 또한 이 탕카들은 문화적인 연관 관계로서 인도의 영향의 있을 것으로 여겨진다. 이런 점을 염두에 두고 여기에서는 11개 탕카의 중앙에 배치되어 있는 인물과 상부의 인물군을 중심으로 살펴보려고 한다.

특히 다음과 같은 물음에 중점을 두고자 한다.
첫째, 게사르전 탕카는 어떤 역사적인 경로를 밟아 완성 되었는가?
둘째, 쓰촨성박물원 게사르전 탕카는 어느 시기 작품인가?
셋째, 탕카의 중심인물들은 게사르와 어떤 관계인가?
넷째, 상부인물들은 누구인가?
다섯째, 형성과정의 문제로 게사르전의 여러 문화적 영향관계 중에서 특히 실크로드 상에 있는 인도와 영향 관계는 어떠한가?

이런 점에 관심을 가지고 그 실마리를 알아보고자 한다.

. . . .
2) 표기의 경우는, 필요하면 중국어와 티베트어 등의 발음을 부기하기로 한다.

2. 게사르전 탕카의 배경

여기에서는 게사르전 탕카의 연원과 쓰촨성박물원 소장 게사르전 탕카의 유전과 작성 시기에 대해서 알아보고자 한다.

2-1. 게사르전 탕카의 연원

게사르왕의 형상은 전쟁의 신이다. 이 전쟁의 신이라는 개념은 오랜 역사를 가지고 있다.

티베트 전쟁신의 형상은 7-8세기에 영입된 인도불교의 영향이 있다. 인도의 수호신은 몸에는 혁대를 두르고 손에는 무기를 가지고 있으나 갑옷은 입지 않았다. 갑옷은 중국 불교의 영향으로 여겨진다. 불교 전래 이전의 티베트는 무사를 숭배하였으며 통치자를 짠푸(贊普)라고 지칭하였다. 이 짠푸는 전통 신앙에 따르면 하늘에서 산으로 내려오는 존재이다. 짠푸는 인류를 통치하는 신으로 태양 아래의 왕국은 모두가 그의 명령에 복종한다.[3]

. . . .

3) Amy Heller, "The Life of Gesar Thangka Series in the Sichuan Museum : Historical and Art Historicla Context", 159쪽. 이 논문은 쓰촨성박물원(四川省博物院)·쓰촨대학박물관(四川大學博物館) 편저(編著), 《格薩爾唐卡研究》(北京 : 中華書局, 2012)의 159-174쪽에 있으며, 또한 라이페이(賴菲)·류쉰야오(劉舜堯)에 의해 중문으로 번역되어 〈四川博物院藏《格薩爾畫傳》系列唐卡的歷史與藝術史背景〉이라는 제목으로 같은 책에 실려 있다. 여기에서는 이 논문을 인용할 때 에이미(Amy)라고 지칭한다.

9세기부터 12세기의 역사는 명확하지 않으나 파편적인 기록을 통해 볼 때 게사르왕 이미지는 티베트 동쪽에 널리 퍼진 듯 보인다. 그리고 11세기부터 12세기 말기에 티베트인들은 인도의 문집을 번역하기 시작하면서 인도 수호신의 형상이 전래되기 시작한다. 또한 13세기는 각 사원와 교파간에 투쟁이 시작된다. 토지를 두고 다투는 것을 비롯해 경제적, 정치적인 무장투쟁이 등장하는데[4] 이시기에 분노신들이 불교의 주요신들로 정착되며 산신의 형상에도 영향을 미친다.[5] 이 형상과 짠푸의 특징이 결합하는데 구체적으로 갑옷, 헬멧, 무기에서 말을 탄 무사의 모양으로 등장한다. 말은 승리의 상징이며 또한 친구이자 인도자이다.[6] 이것은 게사르전에 그대로 반영되어서 게사르는 신마인 쟝가페이부(江嘎佩布)를 얻으면서 자신의 영웅적인 삶을 시작한다.[7]

• • • • • • • • • • • •

4) 펑잉취앤 저, 김승일 역, 《티베트 종교 개설》(서울 : 엠애드, 2012)의 123쪽에 따르면 특히 티베트불교의 중요한 교파인 겔룩파의 경우, 독립적인 강대한 독립경제를 건립하였는데 겔룩파는 토지, 목축, 농노를 획득하여 점차 독립적인 사원경제를 형성해 갔다고 한다. 이런 경제적인 자립을 통해 겔룩파는 더욱 세력을 확대하게 된다.

5) 로페즈 주니어, 정희은 옮김, 《샹그릴라의 포로들》(서울 : 창비, 2013)의 279쪽에서는 F. 씨어크스마의 의견을 차용하여 분노존이 그려진 티베트회화를 가리켜 역사상 가장 탁월한 '악마의 예술'이라고 평했다. 또한 티베트 예술가들이 완전한 자유를 얻어 진정한 독창성을 발휘하는 것은 오직 분노존을 그릴 때 뿐이며 여기에는 '극단적인 공격성'이 나타난다고 하였다. 즉 티베트 미술에서 분노존은 가장 창의성이 나타나는 작품이라고 평한다.

6) 에이미(Amy), 위의 논문, 160쪽.

7) Jeff J. Watt, "A preliminary survey of the art and iconography of Ling Gesar - a Tibetan culture hero", 180쪽. 이 논문은 쓰촨성박물원 · 쓰촨대학박물관 편저, 위의 책의 174-197쪽에 영문과 중문으로 실려 있다. 중문은 장창홍(張長虹)에 의해 〈 藏族文化英雄-嶺 · 格薩爾藝術和圖像的初步調査〉라는 제목으로 번역되어 실려 있다. 여기에서는 이 논문을 인용할 때 제프(Jeff)라고

이처럼 게사르왕의 형상이 점차로 만들어지면서 게사르전 탕카도 등장하게 된다. 이와 관련해서는 17세기부터 일군의 학자들이 게사르전 탕카에 대한 언급을 하였다.[8] 한편 에이미(Amy)는 게사르전 탕카의 원형을 1696년의 히말라야본으로 여기고 있다.[9] 히말라야본 탕카의 전체 구도를 보자면, 가운데에 게사르왕이 말을 타고 있고 머리 위에는 파드마삼바바(蓮花生大師)가 있으며 아래쪽에는 성자가 앉아 있다. 또한 아래쪽 성자에게 여러 대중들이 공양하고 그 아래에는 공양물이 있다. 그런데 공양물 중에 눈에 띄는 것이 있으니 그것은 화승총이다. 이 화승총은 17세기에서 19세기에 이 지역에서 유행하였는데 화승총

• • • • • • • • • • • •

지칭한다.

이런 전쟁의 신 중에서 게사르왕 형상에 영향을 준 유명한 티베트의 신은 다음과 같다.

次烏瑪布(Mtshe'u dmar po)

戰神九兄弟(Dgra lha che dgu)

多吉色札(Rdo rje ser bkra)

阿聶·瑪欽波熱(A gnyan Rma chen spom ra)

札拉貢波(Dgra lha mgon po)

8) 제프(Jeff), 위의 논문, 175쪽. 이와 관련한 유명한 학자는 다음과 같다.

勒隆杰仲·歇貝多吉(Sle lung Rje drung Bzhad pa`i rdo rje, 1697-1740)

多堪孜·益西多吉(Mdo mkhyen brtse Ye shes rdo rje, 1800-1866)

聶拉·白瑪杜朵(Gnyan lag Pad ma bdud'dul, 1816-1872)

絳貢空楚·洛卓塔耶(`Jam mgon Kong sprul Blo gros mtha` yas, 1813-1899)

米帕絳央·南杰嘉措(Mi pham `Jam dbyangs Rnam rgya mtsho, 1846-1912)

達色旺莫(Zla gsak dbang mo, 20세기 초반)

土丹冲珠(Thub bstan brtson`grut, 1920-1979)

특히 다써왕모(達色旺莫)는 20세기 초기와 중반의 유명한 여성 작가이자 종교 지도자인데 많은 게사르 관련 문헌을 썼다. 이중에서도 뒤칸쯔·이시둬지(多堪孜·益西多吉)과 미파쟝양·난졔쟈춰(米帕絳央·南杰嘉措)가 더욱 유명하다.

9) 에이미(Amy), 앞의 논문, 162-163쪽.

은 신령에게 봉납한다고 한다. 잭슨(David Jackson)은 산수풍경으로 보건데 이 그림은 17세기 말에서 18세기 초의 작품이며 가마바췌잉둬지(噶瑪巴却英多吉, Chos dbyungs rdo rje, 1604-1674)의 영향이 있다고 하였다.[10][11] 이처럼 에이미(Amy)의 의견을 따르면 게사르전 탕카의 **최초 출현은 히말라야지역**이며 이시기는 17세기에서 19세기 정도인 것으로 여겨진다.

한편 게사르전 탕카의 제작 장소를 살펴보면 이 탕카가 많이 제작된 곳으로 현재 쓰촨(四川) 더거(德格)를 들 수 있다. 특히 18세기에는 더거 지역이 이 근처 정치 문화 발전의 중심지라고 할 수 있다. 더거는 사원인 더거사(德格寺)를 중심으로 목각인쇄가 유명하다. 더거사에서는 목각인쇄와 아울러서 탕카 목판도 제조하는데 18세기 중기에는 신멘르 화파(新勉日畵派, sman bris gsar pa)를 형성하며 이 화풍이 주위지역에 광범위하게 전파되었다.[12] 현재도 더거사는 목각인쇄의 중심지로 목판본을 제작하고 있다.[13]

이같은 게사르전 탕카제작의 역사 중에서 두드러지는 작품이 바로 쓰촨성박물원의 게사르전 탕카이다. 이 탕카에는 게사르왕의 주위에 호위동물들이 있으며 이것이 중요한 특징이 된다. 이 호위동물

• • • • • • • • • • • •

10) 에이미(Amy), 앞의 논문, 162쪽에서 재인용.
11) 리롄룽(李連榮)은 그의 논문, 〈四川博物院藏11幅格薩爾唐卡畵的初步硏究 - 關於繪製時間問題〉(民間文化論壇, 2016年, 第4期)의 83-84쪽에서 조총(鳥銃)을 언급하면서 티베트에는 17세기에 조총이 전래되어 18세기에 이 지역에서 유행하였다고 한다. 그러므로 탕카에서 조총이 보이게 되면 이것은 17세기 이후의 작품이라고 말한다.
12) 에이미(Amy), 앞의 논문, 162쪽.
13) 에이미(Amy)에 따르면 쓰촨성박물원 게사르전 탕카는 이 지역에서 제작되었다고 한다. 에이미(Amy), 앞의 논문, 166쪽.

을 위얼마(威爾瑪, wer ma bcu gsum)라고 하는데 게사르왕을 호위하는 13호위 동물은 다음과 같다.[14]

1. 백사(白獅), 2. 청표(青豹), 3. 백토(白兎), 4. 황다색 사슴(黃茶色鹿), 5. 차색 독사(茶色毒蛇), 6. 검은색 매(黑鷹), 7. 다채 삼작(多彩麻雀), 8. 자연색 민독수리(自然白禿鷲), 9. 연훈색 묘두매(烟熏色貓頭鷹), 10. 조문 호랑이(條紋虎), 11. 흑색 곰(黑色野熊), 12. 흰부리 나귀(白嘴野馿), 13. 금어(金魚)

또한 쓰촨성박물원 게사르전 탕카 11폭 중에서는 게사르왕이 그려진 탕카를 뺀 나머지 10개 중 8개는 "링국의 여덟신(嶺國八神)" 혹은 "팔대 위얼마(八大威爾瑪)"가 중심인물로 등장한다.[15] 이 8개의 이름은 다음과 같다.[16]

1. 랑만졔무(朗曼杰姆), 2. 용왕 쭈나런친(龍王祖納仁欽), 3. 형 동춍가부(哥哥東琼噶布), 4. 녠친뒤졔바와쩌(念欽多杰巴瓦則), 5. 짠션옌쉬마부(贊神延須瑪布), 6. 동생 루주퉈가(弟弟魯珠托噶), 7. 창바

● ● ● ● ● ● ● ● ● ● ● ●
14) 제프(Jeff), 앞의 논문, 180쪽.
15) 제프(Jeff), 앞의 논문, 184쪽. 이 명칭은 바이마거쌍(白瑪格桑)의 《白瑪格桑仁波切選集》에 수록되어 있으며 이 저작은 쭤징쓰(佐慶寺) 5대 린포체인 투단 · 췌지뒈지(土丹 · 却吉多吉)의 저작을 기초로 하였다고 한다.
16) 제프(Jeff), 앞의 논문, 186쪽. 한편 바이마거쌍(白瑪格桑)의 게사르관련 서적에 아래와 같이 8명의 이름이 있다.
    1. 大神倉巴噶布 2. 念欽古拉格佐 3. 龍王祖納仁欽 4. 戰神哥哥東琼噶布 5. 弟弟魯珠沃琼 6. 戰神姐姐塔列沃春 7. 姑母朗曼噶姆 8. 父親戰神麥達瑪布

둥퉈(倉巴東托), 8. 누나 티례마(姐姐提列瑪)

이들은 게사르전에게 게사르왕이 어려움에 처했을 때 초자연적인 지도와 안내의 역할을 하고 있다.[17] 그렇다면 여기에 포함되지 않는 쓰촨성박물원 게사르전 탕카의 11폭 중의 두 인물은 전신구형제(戰神九兄弟)과 뒤제쑤례마(多杰蘇列瑪)이다.[18]

2-2. 쓰촨성박물원 소장본 게사르전 탕카의 유전 - 어느 시기의 작품인가?

쓰촨성박물원이 소장하고 있는 게사르전 탕카의 연원에 대해서 천즈쉐(陳志學)과 저우아이밍(周愛明)은 다음과 같이 말한다.[19]

"이 박물관이 소장하고 있는 게사르전 탕카 중의 일부분은 1940년대 화서변경(華西邊疆)의 연구원이 수집하였고 또 일부분은 류어후이(劉顎輝)라는 개인이 소장하고 있던 것이다. 그런데 1950년대에 중앙대표단이 간쯔(甘孜)지구를 방문했을 때, 그 지역인사들이 이 탕카를 대표단에게 헌정하였으며 대표단은 이것을 쓰촨(四川)에 남겨두었는데 이후에 쓰촨성박물원에 수장되었다. ..... 티베트학 전문가인 양쟈밍(楊嘉銘)은 색과 구도, 그리고 화면상의 구름과 나무들이 전체적인 구도에서 돌출적인 것을 통해 추측컨대 캉 지구(康區)의 깔마깔디(噶瑪噶孜)파[20]의 작

· · · · · · · · · · · ·

17) 제프(Jeff), 앞의 논문, 186쪽. 이 여덟 신은 오직 게사르전에서만 나타난다고 한다.
18) 이 두 인물이 나머지 "링국의 팔신(岭國八神)"인 8인물과 어떻게 다른가의 문제는 이후의 과제로 남겨둔다.
19) 陳志學·周愛明, 〈稀世珍寶《格薩爾》唐卡〉, 《中国西藏》, 2004年, 第1期, 36쪽.

품이며 창작 연대는 청대라고 하였다"

이에 대해서 리롄롱(李連榮)의 경우는, 그의 논문에서 이 탕카들의 제작시기는 16세기를 거슬러 올라가지 않으며 대체로 청대시기 작품으로 18세기 좌우로 추측하고 있다.[21]

한편 에이미(Amy)는 쓰촨성박물원본이나 기메본은 19세기 중기의 작품으로 추측한다. 기메본은 1904년 유럽의 박람회에서 출품된 이후에 기메박물관에 수장되었다고 하며, 쓰촨성박물원본은 1940년 전후에 수장되었다고 한다.[22] 쓰촨성박물원의 11폭 탕카와 기메의 2폭 탕카에 대해서 현대화가인 궝취우덩쯔(更秋登子, Dkon mchog bstan `dzin)는 이들의 풍격을 캉바 신몐르(康巴新勉日, Khams pa sman bris gsar)라고 지칭하였다.[23]

• • • • • • • • • • •

20) 화정박물관, 《티베트의 미술》(서울 : 한빛문화재단, 1999)의 182-183쪽에 깔마 깔디파에 대한 설명이 잘 나와 있다. 그 내용은 아래와 같다.
"15세기 중앙티베트에서는 화공인 도빠다시걜뽀의 문하에서 맨라된둡과 갠첸 첸모라는 거장이 배출되어 각각 '맨리파'와 '갠첸파'라고 불리는 불교회화의 2대 파별을 창시하였다. 이 가운데 맨리파는 적정존(寂靜尊)을, 갠첸파는 분 노존(忿怒尊)을 잘 그리는 것으로 유명하지만 창시자가 동문의 제자였던 관계 로 양파의 화풍에는 커다란 차이가 없다. 특히 중앙티베트에서는 한 사람의 화공이 양파의 화풍을 동시에 배우는 경우가 많았으므로, 캄 지방의 새로운 깔마깔디파와 같이 한눈에 판별할 수 있을 정도의 두드러진 특징은 없다."
그리고 182쪽에서는 "16세기 이후 흑모 라마의 숙영지(흑모 라마의 거주지는 텐트와 비슷하며 이동이 용이함)를 중심으로 '깔마깔디'라는 불교회화의 유파 가 형성되었다. 이 유파는 중국 내지와 경계를 접하고 있는 캄(Kham) 지역을 기반으로 하였고 18세기에는 중국회화의 영향을 강하게 받은 '깔마깔디파'라는 화풍을 성립시켰다"라고 한다.
21) 리롄롱(李連榮), 위의 논문, 81쪽.
22) 에이미(Amy), 앞의 논문, 166쪽.

이에 대해 제프(Jeff)는 쓰촨성박물원 게사르전 탕카와 기메본은 1904년 이전 작품은 확실하며 대체로 19세기 후반 작품이라고 주장한다.[24]

이들의 의견을 종합해서 보았을 때, 쓰촨성박물원 게사르전 탕카는 청대시기 중, 1900년대 이전시기에 제작된 것으로 18세기에서 19세기 사이에 작성된 것으로 여겨진다. 그러므로 이 탕카는 근대 이전 시기에 만들어졌으며, 그 당시 사람들의 의식을 반영하고 있는 중요한 유물이라고 볼 수 있다.

• • • • • • • • • • • •
23) 에이미(Amy), 앞의 논문, 162쪽.
24) 제프(Jeff), 앞의 논문, 194쪽.

3. 탕카의 중심인물과 상부인물군²⁵⁾

3-1. 랑만제무(朗曼杰姆)²⁶⁾

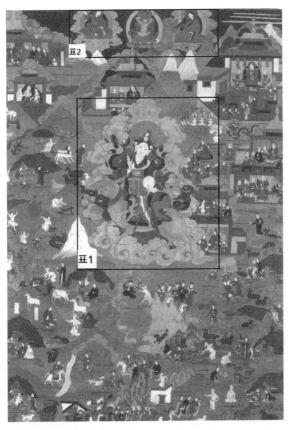

그림 1 - 랑만제무(朗曼杰姆)

• • • • • • • • • • •

25) 본문 그림 속의 표와 번이라는 한글, 그리고 검정색 원과 사각형은 필자가 편의를 위해 넣은 것이다.

그림 2 - 랑만졔무(朗曼杰姆) 안의 표1

| 중심인물 |

그림 1의 표1을 확대하면 그림 2가 된다. 이 그림 2에 보이는 여신
은 랑만졔무(朗曼杰姆)로서 게사르의 천계의 고모이다. 프랑스 학자
스터언(R. A. Stein)에 따르면 그녀는 오른손에 화살과 비슷한 기물

- - - - - - - - - - - -

26) 여기에서는 탕카 작품의 가운데 위치하고 있는 인물의 명칭을 쟝볜쟈춰(降边
嘉措)·저우아이밍(周爱明)의 《藏族英雄史詩格萨尔唐卡》(北京:中國畫
報出版社, 2003)에서 지칭하는 명칭이 아닌 쓰촨성박물원(四川省博物院)·
쓰촨대학박물관(四川大學博物館)에서 펴낸 앞의 책의 명칭을 따랐다. 쓰촨
성박물원(四川省博物院)·쓰촨대학박물관(四川大學博物館) 편저, 앞의 책,
24쪽에 따르면 원래이름은 룽웨이쟈무(龍未甲姆)라고 한다.

을 쥐고 있는데 이 기물은 종교의식에 쓰이는 것으로 장수를 비는 화살(長壽箭)이라고 한다.[27]

이 여신은 다른 한 손에는 거울을 쥐고 있으며 갈색 사슴을 타고 있다. 그런데 이 거울에 대해서는 거울이 아니라 과일이나 간식보따리라는 견해도 있다.[28] 이 인물은 기메 소장본의 2편 중 하나에서 비슷한 모습으로 등장한다.

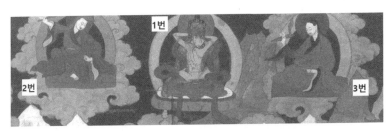

그림 3 – 랑만졔무(朗曼杰姆) 안의 표2

| 상부인물군 |

그림 1의 표2를 확대하면 그림 3이 된다. 그림 3의 1번의 경우, 이 신상은 제프(Jeff)에 따르면[29] 보생불쌍신상(寶生佛雙身像, Ratnasambhava

• • • • • • • • • • • •

27) 四川省博物院・四川大學博物館 編著한 앞의 책, 200쪽에 이러한 내용이 있다. 이 논문은 R. A. Stein의 프랑스어 논문으로 "Peintures tibétaines de la vie de Gesar"라는 제목으로 *Arts asiatiques*(vol.4, 1958 : 243-271)에 수록 되었었다. 이후 영어로는 Arthur Mckeown이 번역하여 "Tibetan Paintings of the Life of Gesar"라는 이름으로, 중국어로는 류루이윈(劉瑞雲)이 번역하여 《格薩爾畵傳》이라는 이름으로 쓰촨성박물원・쓰촨대학박물관 편저, 앞의 책, 198-228쪽에 실려 있다. 여기에서는 이 논문을 인용할 때 스터언(Stein)이라고 지칭한다.

28) 스터언(Stein), 위의 논문, 204쪽

29) 제프(Jeff), 앞의 논문, 191쪽.

Buddha)이며 히말라야지역의 선정불(禪定佛, dhyannibuddha)이다.[30] 이 보생불은 대일여래(大日如來)[31] 곁에 있는 부처로, 자타(自他)의 평등을 깨달아 대자비심을 일으키는 평등성지(平等性智)를 나타낸 다고 한다.[32]

2번은 쟝볜셰나이(降邊歇乃, `Jam dpal bshen gnyen, Manjusrimitra) 로서 일명 문수우(文殊友)이며 그는 또한 밀라레빠(Mi la ras pa)로 태어나게 되었다. 또한 3번은 쌍졔이시(桑杰益西 , Sangs rgyas ye shes) 로서 인도 나라다 사원의 성자이며 파드마삼바바의 스승이다.[33]

· · · · · · · · · · · ·

30) 스터언(Stein), 앞의 논문, 208쪽.
31) 대일여래에 대해서는 곽철환의 《시공불교사전》, 241쪽(시공사, 2003년)을 참 고 할 수 있다. 그런데 이 대일여래는 불교의 큰 구분인 현교와 밀교라는 대칭 되는 개념 중, 밀교의 보살이다. 밀교는 《시공불교사전》 196쪽에 따르면 다음 과 같이 기술되어 있다.
    "(밀교는) 대일여래(大日如來)의 비밀스런 가르침이라는 뜻으로, 중관(中觀) ·유식(唯識)·여래장(如來藏)의 사상을 계승하여 발전시키면서 힌두교와 민 간 신앙까지 폭넓게 수용하여 7세기경에 성립된 대승 불교의 한 파. 대일여래 의 보리심(菩提心)과 대비(大悲)와 방편(方便)을 드러낸 대일경(大日經)과 그 여래의 지혜를 드러낸 금강정경(金剛頂經)에 의거하여 수행자가 신체로는 인계(印契)를 맺고, 입으로는 진언(眞言)을 외우고, 마음으로는 대일여래를 깊이 주시하여, 여래의 불가사의한 신(身)·구(口)·의(意)와 수행자의 신 (身)·구(口)·의(意)가 수행자의 체험 속에서 서로 합일됨으로써 현재의 이 육신이 그대로 부처가 되는 즉신성불(卽身成佛)을 목표로 함."
    한편 지명이 지은 《한권으로 읽는 불교교리》, 208쪽(조계종출판사, 2015년, 서울)에 따르면 대일여래는 마하-비로자나-다타가타(Maha-vairocana-tahagata) 의 음역으로 의미는 "큰 광명의 여래"이다.
32) 지명의 위의 책, 227쪽에는 "대일여래가 중앙에 자리하고 사방에 아촉여래, 보생여래, 아미타여래, 불공성취여래가 둘러 싸여서 5불(五佛)을 이룬다."라 고 하였다.
33) 스터언(Stein), 앞의 논문, 208쪽

3-2. 용왕 쭈나런친(龍王祖納仁欽)[34]

그림 4 - 용왕 쭈나런친(龍王祖納仁欽)

• • • • • • • • • • • •

34) 쓰촨성박물원·쓰촨대학박물관 편저, 앞의 책, 32쪽에 따르면 원래이름은 용
왕 주라런친(龍王朱拉仁親)이라고 한다. 또한 이 탕카는 게사르왕 나라(嶺
國) 모습을 그렸다.

| 중심인물 |

그림 5의 표1에 있는 중심인물은 그림 4의 일부분으로서 쟝볜쟈
춰(降边嘉措)·저우아이밍(周爱明)에 따르면 용왕 쭈나런친(龍王祖
納仁欽)이며 다른 이름으로 용왕 쩌우나런친(龍王鄒納仁欽)으로도
불린다고 한다.[35]

그림 5 - 용왕 쭈나런친안의 표1

이 용왕 쭈나런친(龍王祖納仁欽)은 게사르왕의 외조부이다. 그는

35) 쟝볜쟈춰(降边嘉措)·저우아이밍(周爱明), 앞의 책, 139쪽.

청자빛의 몸체에 하반신은 뱀의 형상이다. 또한 머리에는 남색의 보옥이 있으며 이 위에 아홉마리의 뱀이 있다. 뱀은 이무기나 용과의 관련선상에서 생각할 수 있다. 그리고 머리를 둘러싼 화염이 있는데 이 화염은 용왕의 오른손에도 불타오르고 있다. 그리고 왼손에는 꼭지를 단 정병이 있다. 이에 대해 스터언(Stein)은 정병은 치병(治病)을 의미한다고 한다.[36] 이 용왕은 여러 개의 구슬 장식을 한 코끼리에 올라타고 있다. 이 코끼리는 가만히 서 있는 상태가 아니라 동적인 움직임을 보여주고 있다.

그런데 이 코끼리 형상에 대해서 스터언은 이 형상은 마카라(摩羯魚, makara)에서 연유했다고 한다.[37] 마카라는 힌두 신화 속의 괴물로서 코는 코끼리 모양이지만 몸은 물고기 모양을 하고 있다. 사진 1은 네델란드의 트로픈미술관(Tropenmuseum)에서 제공하는 마카라 사진[38] 인데 중요한 것은 이 생물의 코가 코끼리 모양을 하고 있다는 점이다.

사진 1 - 마카라

이를 통해 보건데 용왕 쭈나런친(龍王鄒納仁欽)이 타고 있는 코끼리는 원래 인도 신화에서 유래한 것이다. 코끼리라면 용왕과 직접적인 관련이 없겠지만 만약 이 동물이 마카라라고 한다면 바다생물로서 용왕과 직접적인 관련이 있다. 인도에서 전래된 마카라는 이후 티베트지

• • • • • • • • • • • •

36) 스터언(Stein), 앞의 논문, 204쪽.
37) 스터언(Stein), 앞의 논문, 204쪽.
38) https://commons.wikimedia.org/wiki/File :
COLLECTIE_TROPENMUSEUM_Stenen_beelden_in_de_vorm_van_een_makara_op_de_Candi_Kalasan_TMnr_10015966.jpg

역에서 변용되어 코끼리의 모습이 되었음을 추정할 수 있다.

그림 6 - 용왕 쭈나런친 안의 표2

| 상부인물군 |

그림 6은 그림 4의 표2 부분이다. 이 상부인물 1번에 대해서 제프
(Jeff)는 아미타불쌍신상(阿彌陀佛雙身像, Amitabha Buddha)이라고
하며39) 쓰촨성박물원(四川省博物院)·쓰촨대학박물원(四川大學博
物館)의 책에서는 무량불광(無量光佛)이라고 한다.40) 아미타불은
서쪽의 선정불(禪定佛)이다.

2번은 용수(龍樹, Nagarjuna)이다. 스터언에 따르면 용수임을 알
수 있는 확실한 증거는 그의 머리 언저리에 있는 노란 태양이다.41)
2번 그림에서는 희미하게 나오지만 아래 그림 7의 샌프란시스코 아
시아 미술관에 있는 용수의 그림을 보면 그의 오른쪽 머리 위에 작
은 노란 태양이 있는 것을 볼 수 있다.

• • • • • • • • • • • •

39) 제프(Jeff), 앞의 논문, 190쪽.
40) 쓰촨성박물원·쓰촨대학박물관 편저, 앞의 책, 34쪽.
41) 스터언(Stein), 앞의 논문, 208쪽.

3번의 경우는 스터언에 따르면 쟈와췌양(嘉瓦却央, Rgyal ba mchog dbyangs)이다.[42] 그는 파드마삼바바(蓮花生大師)가 거느린 제자 중의 하나이며 마두명왕(馬頭明王, siddhi of Hayagriva)의 이름을 얻었다. 머리 위에 말 머리가 보이는 것은 그런 연유 때문이다.[43] 이 마두명왕(馬頭明王)은 인도에서 유래한 신이다.

그림 7 - 샌프란시스코 아시아 미술관의 용수
(龍樹, 1700-1800)

• • • • • • • • • • • •

42) 스터언(Stein), 앞의 논문, 208쪽.

43) 곽철환의 앞의 책, 157쪽에 따르면 마두명왕과 관계된 마두관음(馬頭觀音)에 대한 설명은 아래와 같다.
  "(마두관음은) 말의 머리를 머리 위에 얹고 있는 관음으로, 부처의 가르침을 듣고도 수행하지 않는 중생을 교화하기 위한 방편으로 눈을 부릅뜬 분노의 모습을 하고 있음."

3-3. 형 동츙가부(哥哥東琼噶布)44)

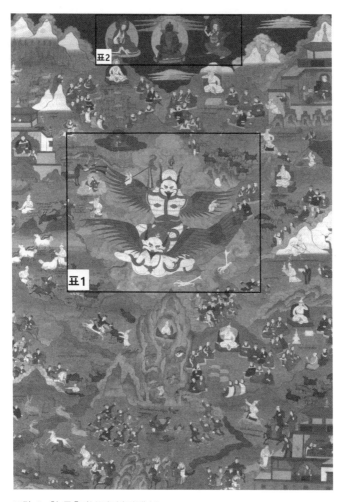

그림 8 - 형 동츙가부(哥哥東琼噶布)

• • • • • • • • • • • •

44) 쓰촨성박물원 · 쓰촨대학박물관 편저, 앞의 책, 40쪽에 따르면, 원래이름은 스 아둥칭샤보(十阿棟青呷波)라고 한다

| 중심인물 |

그림 9에 있는 인물은 형 동츙가부(哥哥東琼噶布)이며 천계 게사르의 형이다. 그는 흰색의 갑옷을 입고 있으며 머리에도 같은 갑옷 색깔의 관을 쓰고 있다. 그의 얼굴은 사람이 아닌 새의 형상을 하고 있고 새처럼 날카로운 부리와 날개를 지니고 있다. 그리고 오른손에는 지휘봉을 들고 왼손에는 반달모양의 기물을 들고 있다. 그는 같은 얼굴을 가진 새모양의 괴수를 타고 있는데 역시 날개를 가지고 있으며 입에는 뱀을 물고 있다.

그림 9 - 형 동츙가부 안의 표1

그림 10-형 동충가부 안의 표2

| 상부인물군 |

그림 10의 1번에 대해서 스터언(Stein)은 금강살타(金剛薩埵, Rdo
rje sems dpa`)라고 하고, 제프는 아축불쌍신상(阿閦佛雙身像, Aksobhya
Buddha)라고 한다.[45] 이 부처는 동방의 선정불(禪定佛)이다. 금강살
타(金剛薩埵)는 산스크리트어 vajra-sattva의 음사이다. 그는 대일여
래(大日如來)의 권속 가운데 우두머리로, 보리심(菩提心) 또는 여래
의 지혜를 상징하는 보살이며 손에 금강저(金剛杵)를 지니고 있다고
한다.[46] 그런데 그림에서 보이는 금강살타는 녹색의 몸에 화가 난
듯 눈을 똑바로 뜨고 있다. 손에 들고 있는 금강저의 모습은 뚜렷하
지 않다. 이 보살이 중국이나 한국에 전래되기 전의 모습으로 보인
다. 아래 그림 11의 경우는 쓰촨성박물원에 있는 금강살타의 모습이
다. 여기의 금강살타는 오른손에 금강저를 들고 있으며 화난 모습이
아니라 얼굴에 미소를 머금고 있다.

2번은 모우친가러(哞欽噶熱, Hum chen ka ra)로서 그는 파드마

. . . .

45) 스터언(Stein), 앞의 논문, 208쪽, 제프(Jeff), 앞의 논문, 191쪽.
46) 곽철환, 앞의 책, 88쪽.

삼바바의 팔상(八相)[47]중의 하나이다. 3번은 난커닝보(南喀寧波, Nam mkha`i snying po)이며 이 보살도 또한 파드마삼바바의 제자이다.[48]

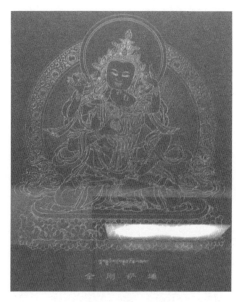

그림 11 - 쓰촨성박물원 소장 금강살타

• • • • • • • • • • • •

47) 곽철환, 앞의 책, 718쪽에 따르면 팔상(八相)은 원래는 석가모니의 생애를 여덟으로 나눈 것이다. 석가모니 팔상은 아래와 같이 여덟 개다.

    (1) 도솔래의상(兜率來儀相). 도솔천(兜率天)에서 이 세상에 내려오는 모습.

    (2) 비람강생상(毘藍降生相). 룸비니 동산에서 탄생하는 모습.

    (3) 사문유관상(四門遊觀相). 네 성문으로 나가 세상을 관찰하는 모습.

    (4) 유성출가상(踰城出家相). 성을 넘어 출가하는 모습.

    (5) 설산수도상(雪山修道相). 설산에서 수도하는 모습.

    (6) 수하항마상(樹下降魔相). 보리수(菩提樹) 아래에서 악마의 항복을 받는 모습.

    (7) 녹원전법상(鹿苑轉法相). 녹야원에서 최초로 설법하는 모습.

    (8) 쌍림열반상(雙林涅槃相). 사라쌍수(沙羅雙樹) 아래에서 열반에 드는 모습.

48) 스터언(Stein), 앞의 논문, 208쪽.

3-4. 녠친뒤제바와쩌(念欽多杰巴瓦則)[49]

그림 12 - 녠친뒤제바와쩌(念欽多杰巴瓦則)

• • • • • • • • • • •

49) 쓰촨성박물원 · 쓰촨대학박물관 편저, 앞의 책, 50쪽에 따르면 원래이름은 냥
    친뒤지바와(娘親多吉巴娃)라고 한다.

| 중심인물 |

그림 13의 중심인물은 녠친둬졔바와쩌(念欽多杰巴瓦則)이며 쟝벤쟈춰(降边嘉措)·저우아이밍(周爱明)에 따르면 녠칭탕라 산신(念青唐拉山神)이다.[50]

게사르전에서는 게사르의 이복형이다. 이 신은 백색 옷에 백마를 타고 있으며 얼굴에는 세 개의 눈이 있고 머리에 백색의 관을 쓰고

그림 13 - 녠친둬졔바와쩌 안의 표1

50) 쟝벤쟈춰(降边嘉措)·저우아이밍(周爱明), 앞의 책, 136쪽.

있다. 그런데 말을 타고 있는 모양새가 전투의 대형이 아니라 그냥 걸터 앉아 있다. 싸우러 나가는 상태가 아니라 뭔가를 구경하는 듯한 모양새이다. 그는 오른손에는 깃발을 들고 있으며 왼손에는 염주를 들고 있다. 산신의 경우는 전투신이라기 보다는 포용적인 면이 많은 신일 것으로 여겨진다.

그림 14 - 녠친둬제바와쩌 안의 표2

| 상부인물군 |

그림 14의 상부의 인물중 1번 인물은 제프(Jeff)에 따르면 파드마삼바바(蓮花生大師, Slop dpon Rin po che)이다.[51] 파드마삼바바는 8세기 인도에서 티베트로 온 고승으로 토착종교인 본교의 무당(巫師)를 제압하고 불교의 밀종을 티베트 전역에 전파하는 데 중요한 역할을 하였다.[52] 파드마삼바바의 가장 중요한 특징은 모자에 있다.

51) 제프(Jeff), 앞의 논문, 190쪽.

오각형으로 보이는 모자이다. 좀 더 확실하게 그림 11을 보면 그 특징이 뚜렷하게 나타난다.

2번은 만달러와(曼達熱娃, Mandrava)이고 3번은 이시취졔(益西措杰, Ye shes mtsho rgyal)로서 파드마삼바바의 두 명의 아내이다. 두 명은 노란 셔츠를 입고 붉은 천을 두르고 파드마삼바바를 공양하고 있다.[53]

그림 15 - 쓰촨성박물원의 파드마삼바바(蓮花生大師)

• • • • • • • • • • • •
52) 지토편집부, 박철현 역, 《1만년의 이야기 티베트》, 서울 : 새물결 출판사, 2011, 124쪽.
53) 스터언(Stein), 앞의 논문, 208쪽.

3-5. 짠선옌쉬마부(贊神延須瑪布)[54]

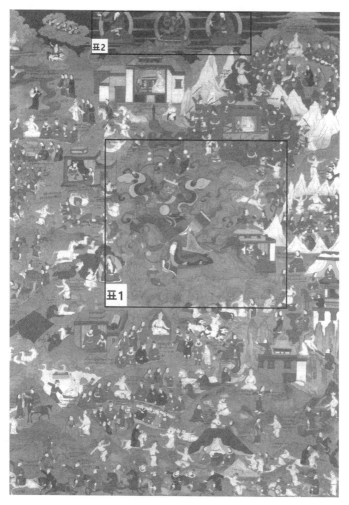

그림 16 - 짠선옌쉬마부(贊神延須瑪布)

• • • • • • • • • • • •

54) 쓰촨성박물원 · 쓰촨대학박물관 편저, 앞의 책, 62쪽에 따르면 원래이름은 양
   슝마보(羊雄瑪波)라고 한다

그림 17의 중심인물은 얼굴에는 세 개의 눈을 가지고 있고 화려한
투구를 쓰고 있다. 온몸은 붉은 색이며 가슴에는 거울을 가지고 있
다. 오른손에는 창을 들고 왼손으로는 붉은 끈을 가지고 있다. 이는
짠선옌쉬마부(贊神延須瑪布)이다. 그는 전투의 신으로서 붉은 말을
타고 전투에 참가하려고 한다. 말에는 동물표피의 화살낭이 있다.

그림 17 – 짠선옌쉬마부 안의 표1

| 상부인물군 |

그림 18의 1번은 제프(Jeff)에 따르면 불공성취불쌍신상(不空成就
佛雙身像, Amoghasiddhi Buddha)이다.[55] 이 보살은 일명 둔웨주바
(頓約珠巴, Don yod grub pa)로서 북방의 선정불(禪定佛)이다.[56]
불공성취불(不空成就佛)은 대일여래(大日如來) 곁에 있는 부처로,
중생을 구제하기 위해 해야 할 것을 모두 성취하는 성소작지(成所作
智)를 나타낸다고 한다.[57] 이 부처는 금강살타(金剛薩埵)와 마찬가
지로 녹색의 몸을 가지고 있다.

2번은 자바하허(扎巴哈合, Pra bha ha hi)로서 그는 오른손에 금
강저를 들고 있다. 3번은 둬졔두졔(多杰都覺, Rdo rje bdud `joms)
로서 파드마삼바바와 같은 시기의 승려이며 티베트 사원인 쌍예사
(桑耶寺, Bsam yas)와 관련을 가지고 있다.[58]

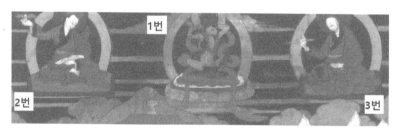

그림 18 - 짠선옌쉬마부 안의 표2

• • • • • • • • • • • •
55) 제프(Jeff), 앞의 논문, 190쪽.
56) 스터언(Stein), 앞의 논문, 210쪽.
57) 곽철환, 앞의 책, 260쪽.
58) 스터언(Stein), 앞의 논문, 210쪽.

3-6. 게사르왕(거싸얼왕 格薩爾王)

그림 19 - 게사르왕(거싸얼왕 格薩爾王)

| 중심인물 |

 그림 20에 대해서는 쓰촨성박물원·쓰촨대학박물관의 책에서는
게사르왕을 세계웅사대왕(世界雄獅大王)이라고 지칭한다.59) 이 탕
카에는 게사르전 내용 중, 새마칭왕(賽馬稱王)과 북쪽의 적인 루짠
(魯贊)과 싸운 마국과의 전쟁(魔國之戰)에 관한 내용이 있다.60)

그림 20 - 게사르왕 안의 표1

• • • • • • • • • • • •
59) 쓰촨성박물원·쓰촨대학박물관 편저, 앞의 책, 77쪽.
60) 게사르왕전의 내용을 간단히 살펴보면 다음과 같다.
　　Douglas J. Penick의 책(The warrior song of King Gesar, Boston :
　　Wisdom Publication, 1996)의 내용을 기본 틀로 해서 취스위(曲世宇)의 분
　　류(曲世宇 撰文 ; 吉布 圖文,《唐卡中的佛菩薩上師》, 西安 : 陝西師範大
　　學出版社, 2007. 뒷면 표)를 화살표로 표시하고 필요시에는 쟝볜쟈춰(降邊
　　嘉措)·저우아이밍(周愛明)의 앞의 책에 있는 동일 내용을 이어서 표시하면
　　다음과 같다.(쟝볜쟈춰·저우아이밍의 책에는 아래 7장에 덧붙여서 몇 개의

전투가 더 나온다. 그러나 여기에서는 취스위(曲世宇)의 분류법을 따른다. 그리고 인명의 중국어 명칭은 쟝볜쟈춰·저우아이 책의 내용을 따른다.) 또한 Douglas J. Penick의 책에 나오는 영어 명칭을 참고로 부기한다.(이때는 페닉(Penick)본으로 표시한다)

제1장은 게사르의 탄생에 관한 이야기이다. → 천강신자(天降神子)

제2장은 게사르가 성장하여 신마인 쟝가페이부(江噶佩布, 페닉본-컁고 카르카르 Kyang Go Karkar)를 얻는 과정이다. → 천도령지(遷徒嶺地), 새마칭왕(賽馬稱王)

제3장은 자신의 왕국을 넘어서서 본격적인 동서남북 사방에 대한 정복 전쟁이 묘사된다. 여기에서는 북쪽 왕국인 루짠(魯贊, 페닉본-루트젠Lutzen)과 전쟁한다. → 마국지전(魔國之戰) → 마령대전(魔嶺大戰, 쟝볜쟈춰(降邊嘉措)·저우아이밍(周愛明)의 위의 책, 34쪽)

이후 게사르전에서 나오는 동서남북의 적을 표시하면 아래와 같다.

북 : 루짠(魯贊)

동 : 훠얼싸이친(霍爾賽欽)   서 : 싸단(薩丹)

남 : 신츠(辛赤)

제4장에서 게사르는 자신의 영역을 다시 탈환하고 동쪽 훠얼싸이친(霍爾賽欽, 페닉본 - 호르(Hor))을 손에 넣게 된다. 그리고 빼앗겼던 첫째 부인인 썬쟝주무(森姜珠牡, 페닉본-세찬 두그모(Sechan Dugmo))를 본국으로 데려온다. → 곽령지전(霍嶺之戰) → 곽령대전(霍嶺大戰, 쟝볜쟈춰(降邊嘉措)·저우아이밍(周愛明), 앞의 책, 42쪽)

제5장을 보자면, 이즈음 강국(姜國)의 대왕인 싸단(薩丹, 페닉본-사탐 Satham)은 다른 지역을 정복할 야망을 가지게 되었다. 이를 알아챈 게사르는 여기에 가 계략을 써서 싸단(薩丹)을 죽이고 영토를 확보한다. → 보위염해(保衛鹽海) → 강령대전(姜嶺大戰, 쟝볜쟈춰(降邊嘉措)·저우아이밍(周愛明), 앞의 책, 52쪽)

제6장에서는 마지막 전쟁이 묘사된다. 여기에서 게사르는 남쪽의 문국(門國)의 신츠(辛赤, 페닉본-싱티Shingti)와의 싸움을 승리로 이끈다. → 문역지전(門域之戰) → 문령대전(門嶺大戰, 쟝볜쟈춰(降邊嘉措)·저우아이밍(周愛明), 앞의 책, 60쪽)

또한 게사르왕에 대해서 스터언은 몇가지를 지적한다. 게사르왕의 특징으로는 그가 바로 '전쟁의 신'이라는 점이다. 또한 주위에 다양한 동물이 있는데 이것이 바로 전쟁의 신(戰神)의 특징이라고 한다.[61] 특히 게사르왕의 주위에 흰색 동물을 탄 여신이 바로 게사르를 돕고 있는 '마네네'여신이다. 그림20 내부의 1번과 2번의 동그라미 안의 인물은 바로 마네네 여신의 형상이다. 마네네 여신은 게사르의 천계의 이모(姨母)로서 게사르왕의 조언자 역할을 하고 있다. 그녀는 눈사자를 타고 있다.

한편 게사르왕의 형상에 대해서 다음과 같은 에이미(Amy)의 견해가 있다.

게사르는 머리부터 발끝까지 헬멧과 갑옷을 장착하고 말에 올라 탄 전사로 표현된다. 오른손에는 종종 날카로운 창이나 금강저(바즈라)를 무기로 휘두르고, 왼손에는 깃발 같은 도구를 들고 있다. 또한 화살통은 종종 그의 말의 뒤쪽 있는 안장에 붙어 있다.

(Gesar is represented as a warrior mounted on a steed, dressed from head to foot in helmet and armor, brandishing a weapon in his right hand-frequently a notched stick or vajra, and carrying other implements such as a banner in his left hand, a quiver of arrows often attached to the saddle on the rear flank of his horse.)[62]

• • • • • • • • • • • •

제7장은 마지막 장으로 게사르는 모든 정복 전쟁을 마치고 3년간의 명상에 돌입한다. 그리고 게사르의 왕국은 평화를 이어가게 된다. → 영반천계(榮返天界)

61) 쓰촨성박물원 · 쓰촨대학박물관 편저, 앞의 책, 206쪽.
62) 에이미(Amy), 앞의 논문, 159쪽.

위의 에이미(Amy)의 견해는 스터언과 일맥상통하고 있다. 그는 전사이며 훌륭한 무기를 가지고 있고 용맹스런 모습을 하고 있다. 이 게사르왕의 특징으로 두드러진 것은, 그는 자신의 왼손을 귀에 가까이 대고 있다는 점이다. 이것은 그가 사람들의 여러 가지 소리를 듣기 위한 것으로 생각될 수도 있다. 그런데 손을 귀에 대고 있다는 점에 대해서 전혀 다른 견해가 있다. 리롄롱(李連榮)의 경우, 최근 논문[63]의 86쪽에서 게사르왕이 손을 귀에 대고 있는 목적을 두가지의 다른 측면에서 말한다. 하나는 이 모습은 천신의 예언을 듣기 위한 것일 수 있고, 다른 하나는 신하들에게 노래로 교화시키기 위한 모습일 수 있다고 말한다. 노래로 교화시키는 모습은 티베트 불교 수행자들의 그림에서 비슷한 모습이 나타난다고 한다.

특히 카규파의 대표적인 승려인 밀라레빠는 노래하는 형식을 통해 교리를 전파해서[64] 신도들이 쉽게 이해할 수 있었다. 이러한 사실을 염두에 둔다면 게사르왕이 귀 가까이에 손을 대는 모습은 뭔가 듣는 모습으로 볼 수 있지만 게사르왕이 노래하는 모습으로도 이해할 수 있다. 더욱이나 티베트 지역은 오랜 설창의 역사를 지니고 있으며 게사르전도 설창의 형식으로 현재 전래되고 있다. 그러므로 리롄롱(李連榮)이 지적한 대로 게사르왕의 왼손 모양은 무엇인가를 듣는 것이 아니라 뭔가를 설창하고 있는 모습이라는 설명도 설득력 있어 보인다.[65]

• • • • • • • • • • • •

63) 리롄롱(李連榮), 앞의 논문, 86쪽.
64) 지토편집부, 박철현 역, 위의 책, 139-140쪽에 따르면, 밀라레빠는 티베트 불교 사상 유명한 인물이다. 어린 시절 밀라레빠는 집안의 원수를 갚는다는 명목으로 본교의 주술을 배워 많은 사람을 죽이고 장원을 파괴했다. 후에 그는 그 속죄하고자 불법에 귀의하게 된다.

그림 21 - 게사르왕 안의 표2

| 상부인물군 |

그림 21의 상부인물군 중의 1번의 인물은 제프(Jeff)에 따르면 밀
지공행모(密智空行母, Guhya Jnana Dakini)이다.[66] 그는 전체적으

65) 한국 MBC 방송의 '라디오스타' 695회에서 가수 바다가 출연하였다. 그런데
　　그녀는 노래를 연습할 때 오른손을 귀 뒤쪽에 올리고서 자신의 소리를 듣는다
　　고 한다. 이 모습은 바로 게사르왕 탕카의 모습과 일치한다. 그러므로 이 탕카
　　가 게사르왕이 설창하는 모습이라는 설명도 일면 타당성이 있어 보인다.
66) 제프(Jeff), 앞의 논문, 190쪽.

로 붉은 몸을 가지고 있으며 자신의 발로 갈색의 얼굴을 한 인간을 밟고 있다. 그는 또한 한쪽 발로 서 있으며 해골관을 쓰고 있다. 밀지공행모(密智空行母)의 다른 이름은 쌍쿠이시(桑喹益西, Gsangs ba ye shes)로서 모든 공행모(空行母)의 대장이다.

2번의 인물은 녹도모(綠度母)로서 다른 이름으로는 줘쟝(卓姜, Sgro ljang)이다.[67]

3번의 인물은 백도모(白度母)이며 다른 이름으로는 줘가(卓嘎, Sgrol dkar)이다.[68] 이 여신은 쟝볜쟈춰(降邊嘉措)·저우아이밍(周愛明)[69]에 따르면 관세음보살의 화신으로 공포에 쌓인 중생들을 구원하는 신이다. 오른손에는 꽃을 들고 있다.

4번은 파드마삼바바(蓮花生大師)로 여겨진다. 다른 이름으로 뤄번런보체(洛本仁波切, Slob dpon Rin po che, Padmasambhava)이다.

• • • • • • • • • • • •

67) 스터언(Stein), 앞의 논문, 210쪽.
68) 스터언(Stein), 앞의 논문, 210쪽.
69) 쟝볜쟈춰(降邊嘉措)·저우아이밍(周愛明), 앞의 책, 125쪽.

3-7. 동생 루주퉈가(弟弟魯珠托噶)

그림 22 - 동생 루주퉈가(弟弟魯珠托噶)

| 중심인물 |

이 탕카의 중심인물은 동생 루주퉈가(弟弟魯珠托噶)로서 천계 게
사르의 동생이다. 그는 동생이기도 하지만 다른 한편으로는 게사르
의 수호신이다.

동생 루주퉈가를 자세히 보자면 머리부분이 흩날리는 것 같은데
자세히 보면 흩날리는 것은 머리칼이 아니라 뱀이다. 모두 7마리이
다. 가슴에는 두 개의 붉은 목걸이를 걸고 있다. 그리고 동생 루주퉈
가의 하체는 뱀의 모양이다. 이 신은 뱀과 깊은 연관을 가지고 있다.
또한 그는 용을 타고 있는데 용은 한손에 연녹색의 여의주를 쥐고
있고 입을 벌려서 포효하고 있다.

그림 23-동생 루주퉈가 안의 표1

그림 24 - 동생 루주퉈가 안의 표2

| 상부인물군 |

그림 24의 1번에 대해서 제프(Jeff)는 이 보살은 보현쌍신상(普賢雙身像, Samantabhadra)이라고 한다.[70] 이에 대해 스터언은 좀 더 세분화 하여 이들은 남부(藍父, yab)과 백모(白母, yum)이며 군두쌍보(袞杜桑波, Kun tu bzang po, Samantabhadra)라고도 불린다고 한다. 또한 일명 보현여래(普賢如來)라고도 한다[71][72].

2번의 보살은 뒈제썬바(多杰森巴, Rdo rje semsdpa`, Vajrasattva)이다. 이 보살은 인간이 죽고 난 후에 나타난다고 한다. 3번은 가러뒈제(噶熱多杰, Dga` rab rdo rje)이며 일명 환희금강(歡喜金剛)이라고 한다. 이 보살도 뒈제썬바(多杰森巴)와 마찬가지로 인간이 죽고

• • • • • • • • • • • •

70) 제프(Jeff), 앞의 논문, 190쪽.

71) 스터언(Stein), 앞의 논문, 210쪽.

72) 곽철환의 앞의 책, 243쪽에 보이는 보현보살에 대한 설명은 다음과 같다. "석가모니불을 오른쪽에서 보좌하는 보살로, 한량없는 행원(行願)을 상징함." 한편, 석가모니불의 오른쪽에 보현보살이 있다면 왼쪽에는 문수보살(文殊菩薩)이 있다. 한국의 사찰에는 대체적으로 가운데에 석가모니불, 오른쪽에 보현불, 그리고 왼쪽에 문수불이 있다. 그런데 석가모니불 대신에 비로자나불이 있는 경우도 있다.

난 후인 중음(中陰, bar do)기간에 나타나는 보살 중의 하나이다.[73]

특이하게도 뒈제썬바(多杰森巴)와 가러뒈제(噶熱多杰), 즉 그림의 2번과 3번 보살은 모두가 인간이 죽고 나서 환생하기 전의 과정 중에 나타난다.

. . . .

73) 스터언(Stein), 앞의 논문, 210쪽.

3-8. 전신구형제(戰神九兄弟)[74]

그림 25 – 전신구형제(戰神九兄弟)

• • • • • • • • • • • •

74) 쓰촨성박물원 · 쓰촨대학박물관 편저, 앞의 책, 102쪽, 원래이름은 다나췌궈
(達那却果)라고 한다

그림 26 – 전신구형제 안의 표1

| 중심인물 |

그림 26에 있는 이 탕카의 중심인물은 전신구형제(戰神九兄弟)이며 쟝볜쟈춰(降邊嘉措)·저우아이밍(周愛明)에 따르면 전신 웨이얼마(戰神威爾瑪)이다.[75] 이 탕카는 곽령대전(霍嶺大戰)의 내용이 주를 이룬다. 리롄룽(李連榮)의 경우[76] 곽령대전(霍嶺大戰)은 게사르전 전체에 있어 가장 중요한 핵심 전투라고 지적한다. 이 전투에서 게사르왕은 동쪽에 가서 훠얼싸이친(霍爾賽欽)과 싸운다.

• • • • • • • • • • • •

75) 쟝볜쟈춰(降邊嘉措)·저우아이밍(周愛明), 앞의 책, 141쪽.
76) 리롄룽(李連榮), 앞의 논문, 84쪽.

그들은 백색 투구와 백색 갑옷을 입은 전사로서 백마를 타고 있다. 그리고 가슴에는 거울을 가지고 있으며 8명의 붉은 갑옷의 병사에 둘러싸여 있다. 이들 전신구형제는 독특한 대열을 이루고 있다. 가장 중심인물의 머리 위에는 새가 세 마리 날고 있고 발 아래쪽에는 동물들이 같이 달리고 있다. 이 중심인물은 입가에 자연스러운 미소를 짓고 있다. 그리고 전투용 모자를 쓰고 있으며 오른손과 왼손에 각각 깃발을 들고 있다. 그리고 단단한 갑옷을 입고 있으며 말에는 활과 화살을 지니고 있다.

그림 27 – 전신구형제 안의 표2

| 상부인물군 |

그림 27의 상부인물군 중 1번의 인물은 스터언에 따르면 랑바낭쩌(郎巴囊則, Rnam par snang mdzad)로서 다른 이름으로는 대일여래(大日如來, Vairocana Buddha)이다.[77] 몸체가 흰색을 띠고 있다. 곽철환의 책, 133쪽에 따르면 대일여래에 대한 설명은 다음과 같다.[78]

• • • • • • • • • • • •
77) 스터언(Stein), 앞의 논문, 210쪽.

산스크리트어 mahāvairocana-tathāgata vairocana는 변조(遍照)라고도 번역하고, 비로자나(毘盧遮那)라고 음사함. 우주의 참모습과 진리와 활동을 의인화한 밀교(密敎)의 부처. 모든 부처와 보살은 대일여래의 화신이며, 우주 그 자체가 그의 법문이라고 함. 금강계만다라(金剛界曼荼羅)에서는 지권인(智拳印)을 맺고 있고, 태장계만다라(胎藏界曼荼羅)에서는 법계정인(法界定印)을 맺고 있음.

이에 따르면 대일여래는 우주로서 자신을 보여주는 광범위한 형상의 부처로 생각된다.

2번의 경우는 오른손에 육각형의 별 모양 도구를 들고 있다. 이 인물은 샹옌가바(香延噶巴, Santigabha)이다. 티베트 불교의 한 지파인 가규파와 연결이 되는 인물이다.[79]

3번은 베이뤄저나(貝若遮那, Bai ro tsa na)인데, 8세기 중엽의 인물로서 파드마삼바바의 25명의 걸출한 제자 중의 하나이다. 그는 역경작업에 몰두했다고 한다[80]. 그래서인지 그의 오른쪽에는 책들이 쌓여 있다.

• • • • • • • • • • • •

78) 곽철환, 앞의 책, 133쪽.
79) 카규의 의미는 티베트어로 구전교(口傳敎)라는 의미이다. 이 카규파에서는 밀법을 중시했는데 대부분 구어로 전도되었다. 이 교파의 창시자는 마르파(Marpa : 1012-1097, 瑪爾巴)와 밀라레파(Milarepa : 1040-1123, 米拉日巴)이다. 이들은 모두 백색의 승복을 입었으므로 '백교(白敎)'라고도 한다. 카규파는 인도의 승려인 나가르쥬나(龍樹)의 '중관론'을 기초로 하여 독특한 '대수인법(大手印法)'을 창립했다. 이 법은 "공성(空性)"을 주장하는데 세계상의 일체 모든 것은 '공'이라는 것이다.(펑잉취엔 저, 김승일 역, 위의 책, 106쪽)
80) 스터언(Stein), 앞의 논문, 210쪽.

3-9. 뒤제쑤례마(多杰蘇列瑪)

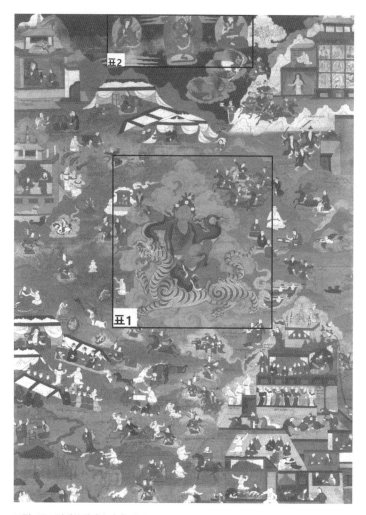

그림 28 - 뒤제쑤례마(多杰蘇列瑪)

그림 29 - 뒤제쑤례마 안의 표1

| 중심인물 |

위의 탕카의 중심인물은 뒤제쑤례마(多杰蘇列瑪)로서 게사르의
여자 보호신이다.[81] 이 여신은 붉은 얼굴과 몸을 지니고 있다. 머리
에는 하얀 꽃을 가지고 있으며 이것은 여성성과 연관되어 보인다.
그리고 오른손에는 불타오르는 보옥을 가지고 있고 왼손에는 회색
쥐를 지니고 있다. 그녀는 포효하는 호랑이를 타고 있다. 이 호랑이

• • • • • • • • • • • • •

81) 쓰촨성박물원·쓰촨대학박물관 편저, 앞의 책, 114쪽.

는 앞발을 들고 어딘가를 향해 나아가려고 한다. 역동적인 모습이
다. 그리고 호랑이의 온 몸에는 호랑이를 표현하는 무늬가 그려져
있다. 이 탕카는 여신과 호랑이가 대비를 이루면서 조화롭게 그려져
있다.

스터언에 따르면 이 여신은 수명장수와 관련이 있다고 한다.[82]

그림 30 - 뒈제쑤례마 안의 표2

| 상부인물군 |

그림 30의 1번은 제프(Jeff)에 따르면 금강해모(金剛亥母, Vajravarahi
Dakini)이다.[83] 이 신상은 화난 얼굴에 세 개의 눈을 가지고 있으며
해골목걸이와 해골관을 쓰고 있다. 그리고 몸 전체는 붉은 색이며
두 다리가 아닌 한 다리로 균형을 잡고 있다. 둥근 귀고리를 하고
있고 붉은 화염 색깔의 광배가 있다. 스터언에 따르면 금강해모(金剛
亥母)는 다른 이름으로 뒈제파모(多杰帕莫, Rdo rje pha mo)이다.
그리고 그녀는 마두명왕(馬頭明王, Hayagriva)의 명비(明妃)이다.[84]

• • • • • • • • • • • •

82) 스터언(Stein), 앞의 논문, 206쪽.
83) 제프(Jeff), 앞의 논문, 190쪽.

2번은 구야자다(古雅札達, Gu hya tsanda)[85] 혹은 러부구야자다
(惹不古雅扎達, Rambuguhya Chanda)[86]이다.

3번은 경서를 들고 붉은 옷을 입은 승려인데 이 승려는 라쑨전커
(拉孫珍可, Lha srin bran `khol)이며 다른 이름으로는 아메이 · 쟝취
쩌커(阿美 · 降曲則可, A mes Byang chub `dre `khol)이다.[87] 이에
대해 제프(Jeff)는 다른 견해로서 그를 베이지썬거(貝吉森格)라고 한
다.[88]

• • • • • • • • • • • •
84) 스터언(Stein), 앞의 논문, 210쪽.
85) 스터언(Stein), 앞의 논문, 210쪽.
86) 제프(Jeff). 앞의 논문, 190쪽.
87) 스터언(Stein), 앞의 논문, 210쪽.
88) 제프(Jeff), 앞의 논문, 190쪽.

3-10. 창바둥퉈(倉巴東托)[89]

그림 31 - 창바둥퉈(倉巴東托)

‧ ‧ ‧ ‧ ‧ ‧ ‧ ‧ ‧ ‧ ‧ ‧

89) 쓰촨성박물원‧쓰촨대학박물관 편저, 앞의 책, 126쪽, 원래이름은 창바둥지바
보(倉巴棟吉巴波)라고 한다

그림 32 - 창바둥퉈 안의 표1

| 중심인물 |

그림 32의 중심인물은 창바둥퉈(倉巴東托)이다. 스터언에 따르면 그는 천계 게사르의 아버지이다.[90]

창바둥퉈는 흰색의 얼굴과 몸을 지녔으며 그가 타고 있는 말도 역시 흰색이다. 그는 붉은 색의 보관을 머리에 가지고 있으며 흰색

● ● ● ● ● ● ● ● ● ● ● ●

90) 스터언(Stein), 앞의 논문, 208쪽.

천으로 된 머리싸개로 그의 머리를 감싸고 있다. 오른손에는 불타오
르는 청동검을 지니고 있고 왼손에는 보석이 담긴 그릇을 가지고 있
다. 그의 말은 허공에 있는 것이 아니라 연꽃대 위에 올라가 있다.
이 말도 역동적인 표정으로 앞을 응시하고 소리를 지르며 뛰어나가
려는 힘찬 모습이다.

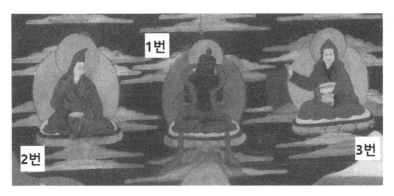

그림 33 - 창바둥퉈 안의 표2

| 상부인물군 |

그림 33의 상부인물군 가운데 1번 보살은 둬제챵(多杰羌, Vajradhara)
이다. 일명 금강지(金剛持)이며 이 보살은 닝마파 수행 전승의 출발
점이라고 한다.91)92)93)

• • • • • • • • • • • •

91) 스터언(Stein), 앞의 논문, 210쪽.
92) 참고로 금강지(金剛持)와 비슷한 금강지(金剛智)에 대해서는 곽철환의 앞의
    책 90쪽에 다음과 같이 서술되어 있다.
    금강지(金剛智, 669-741)는 산스크리트어로 vajrabodhi이며 그는 남인도 말
    라구타국(秣羅矩吒國) 출생하였다. 10세에 중인도 나란타사(那爛陀寺)에
    출가하여 20세에 구족계(具足戒)를 받고 여러 경론(經論)을 배웠다. 31세에

2번은 피마미자(毗瑪密扎, Bi ma mi tra, Vimalamitra, 無垢友)이며 그는 인도에서 온 밀교도이다. 3번에 대해서는 다양한 견해가 있다. 스터언은 라마 젠구마(喇嘛堅古瑪)[94]라고 하고 제프(Jeff)는 이시쉰누(益西熏奴)[95]으로 보고 있다. 이에 쓰촨성박물원·쓰촨대학박물관에서는 녜나구마(聶那古瑪)[96]라고 한다.

· · · · · · · · · · · ·

남인도에 가서 용지(龍智, nāgabodhi)에게 7년 동안 밀교(密敎)를 배웠다. 719년에 광동성(廣東省) 광주(廣州)에 이르고, 이듬해 낙양(洛陽)에 와서 대자은사(大慈恩寺)·천복사(薦福寺)에 머물면서 밀교(密敎)를 전파하였다. 723년부터 자성사(資聖寺)에서 금강정유가중약출염송경(金剛頂瑜伽中略出念誦經) 등 8종 11권을 번역하고 낙양 광복사(廣福寺)에서 입적하였다.

93) 박철현, 앞의 책, 124쪽에 따르면 닝마파의 닝마(寧瑪)는 티베트 어로는 고(古), 구(舊)의 의미이다. 이 일파는 8세기 티베트의 파드마삼바바에게서 법을 전수받았다고 스스로 말한다.

94) 스터언(Stein), 앞의 논문, 210쪽.

95) 제프(Jeff), 앞의 논문, 190쪽.

96) 쓰촨성박물원·쓰촨대학박물관 편저, 앞의 책, 128쪽.

3-11. 누나 티례마(姐姐提列瑪)

그림 34 - 누나 티례마(姐姐提列瑪)

그림 35의 인물은 누나 티례마(姐姐提列瑪)이다.[97] 이 탕카의 세
부묘사는 곽령지전(霍嶺之戰)에 대한 것이다. 한편 스티언에 따르면
이 인물은 천상에 있는 게사르의 누나라고 한다.[98]

그림 35 - 누나 티례마 안의 표1

누나 티례마(姐姐提列瑪)는 살색의 몸에 머리에는 화염을 두르고

• • • • • • • • • • • •

97) 쓰촨성박물원 · 쓰촨대학박물관 편저, 앞의 책, 139쪽. 원래이름은 성쟝티례마
(生姜提列瑪)라고 한다.

98) 스티언(Stein), 앞의 논문, 208쪽.

있다. 두 귀는 부처님의 귀처럼 늘어져 있고 얼굴에는 미소를 띠고 있다. 오른손에는 노란 거울을 들고 있고, 왼손에는 역시 노란 정병을 들고 있다. 목에는 두 개의 빨간 목걸이가 늘어져 있다.

그녀는 청동색의 몸에 붉은 갈기를 가진 사자를 타고 있다. 이 사자는 구름 속에 혀를 날름거리고 튀어나올 듯한 눈을 크게 뜨고 앞으로 전진하려고 한다. 사자의 꼬리 주변에도 붉은 화염이 있으며 꼬리는 90도로 세워져 있다.

그림 36 – 누나 티례마 안의 표2

| 상부인물군 |

그림 36의 상부인물군 중, 1번의 신상은 짐승 머리 모양을 하고 한발로 서 있는 자세이다. 이 신상은 스터언에 따르면 공행모 썬동마(空行母森冬瑪, mkha``gro, dakini Simhavaktra, 獅面佛母)이다. 그는 신녀(神女)의 조수이다.[99] 한발로 서 있지만 균형이 잡힌 모양새이다. 온몸은 청색이고 얼굴은 흰색이다. 또한 해골 목걸이를 두

르고 있으며 그의 한발 아래에는 사람이 밟혀져 있다. 오른손에는 그릇을 하나 지니고 있고, 왼손은 손가락으로 인을 맺고 있다. 인간을 벌하는 신상이며 불교사찰의 사천왕처럼 두 눈이 튀어나와 있다. 또한 뒤의 광배는 붉은 화염 모양이다.

2번 인물은 다나쌍즈다(達那桑智達, Dha na sam kri ta)이다. 그는 오른손에는 실패모양의 기물을 들고 있고 왼손에는 그릇을 가지고 있다. 3번의 인물은 쥐미베이예(卓彌貝耶, `Brog mi dpal ye)이며 11세기의 인물이다.[100] 특이하게도 흰옷을 입은 작은 아이가 정좌해서 앉아 있는 스님을 바라보면서 손짓하고 있다.

• • • • • • • • • • • •
99) 스터언(Stein), 앞의 논문, 210쪽.
100) 스터언(Stein), 앞의 논문, 210쪽.

4. 탕카들의 종합적인 특징

게사르전 탕카에 대한 탐구는 아직 기초단계이다. 그러나 시작과 토대가 있어야 발전이 있을 것이다. 여기에서는 이처럼 기초 단계에서 게사르전 탕카의 중심인물과 상부인물군을 검토하였으며 이에 따라 다음과 같은 사실을 알 수 있다.

4-1. 작성 시기와 가족망

우선 게사르왕은 티베트 전통적인 전쟁신의 형상에서 유래하였으며 쓰촨성박물원 게사르왕 탕카는 이런 점이 반영되었다. 특히 이 탕카는 쓰촨성 서쪽의 더거(德格)에서 제작되었고 게사르왕의 주위에 위얼마(威爾瑪)라는 수호동물이 그려져 있었다. 또한 쓰촨성박물원 탕카는 청대시기의 작품으로 18세기에서 19세기 사이에 작성된 것으로 여겨진다. 그러므로 이 탕카는 근대 이전시기 티베트인의 의식이 나타나는 유물이라고 할 수 있다.

다음으로, 중심인물들의 검토를 통해 이들이 대부분 가족망의 관계를 가지고 있는 것으로 보인다. 게사르와의 관계를 정리하자면 다음과 같다.

- 랑만제무(朗曼杰姆) – 천계의 고모
- 용왕 쭈나런친(龍王祖納仁欽) – 외할아버지

- 형 동충가부(哥哥東瓊噶布) – 형님
- 녠친둬제바와쩌(念欽多杰巴瓦則) – 이복형
- 짠선옌쉬마부(贊神延須瑪布)
- 동생 루주퉈가(弟弟魯珠托噶) – 동생
- 전신구형제(戰神九兄弟)
- 둬제쑤례마(多杰蘇列瑪) – 게사르의 여자 보호신
- 창바둥퉈(倉巴東托) – 천계의 아버지
- 누나 티례마(姐姐提列瑪) – 누나

게사르왕 자신의 탕카를 뺀, 위 10명 중에서 가족관계가 아닌 중심인물은 짠선옌쉬마부(贊神延須瑪布)와 전신구형제(戰神九兄弟), 그리고 둬제쑤례마(多杰蘇列瑪)이다. 짠선옌쉬마부와 전신구형제는 모두 전투의 신이며 둬제쑤례마는 게사르왕을 보호하는 수호신이다. 그러므로 중심인물들은 가족이거나 전투의 신, 혹은 게사르왕의 수호신이라고 할 수 있다. 게사르왕 자체가 전투 복장을 한 정복의 왕이기에 그와 연관된 탕카들은 모두 이런 테두리 안의 존재들이다.

4-2. 상부인물군들의 특징

게사르전 탕카 11폭의 상부인물군 가운데 1번 위치에 있는 존재들을 보자. 그 11명의 존재는 다음과 같다.

- 보생불쌍신상(寶生佛雙身像, Ratnasambhava Buddha) – 선정불(禪定佛, dhyannibuddha) – 대일여래(大日如來) 곁에 있는 부처
- 아미타불쌍신상(阿彌陀佛雙身像, Amitabha Buddha) – 서쪽의 선정불(禪定佛)

- 아축불쌍신상(阿閦佛雙身像, Aksobhya Buddha) – 동방의 선정불 (禪定佛), 대일여래(大日如來)의 권속 가운데 우두머리
- 파드마삼바바(蓮花生大師, Slop dpon Rin po che)
- 불공성취불쌍신상(不空成就佛雙身像, Amoghasiddhi Buddha) – 북 방의 선정불(禪定佛) – 대일여래(大日如來) 곁에 있는 부처
- 밀지공행모(密智空行母, Guhya Jnana Dakini) – 공행모(空行母)의 대장
- 보현쌍신상(普賢雙身像, Samantabhadra) – 일명 보현여래(普賢如來)
- 대일여래(大日如來, Vairocana Buddha) – 일명 랑바낭쩌(郎巴囊則, Rnam par snang mdzad)
- 금강해모(金剛亥母, Vajravarahi Dakini) – 마두명왕(馬頭明王, Ha yagriva)의 명비(明妃)
- 둬제챵(多杰羌, Vajradhara, 金剛持)
- 공행모 썬동마(空行母森冬瑪, mkha'gro, dakini Simhavaktra, 獅面 佛母)

쓰촨성 박물원 게사르전 탕카의 상부인물군 중에서 1번 위치에 있는 인물군들에 대해 제프(Jeff)는 위의 인물가운데 3개의 여성불 즉, 밀지공행보(密智空行母, Guhya Jnana Dakini)와 금강해모(金剛 亥母, Vajravarahi), 공행모 썬동마(空行母森冬瑪, mkha``gro, dakini Sim- havaktra, 獅面佛母)는 특히 티베트의 초기 불교 교파라고 할 수 있는 닝마파 불교에서 중요하다고 말한다[101].

위의 인물군들 가운데 두드러지는 존재는 대일여래(大日如來, Vairocana Buddha)이다. 이 대일여래의 곁에 있는 부처들로서 보생불 쌍신상(寶生佛雙身像, Ratnasambhava Buddha), 아축불쌍신상(阿閦

• • • • • • • • • • • •

101) 제프(Jeff), 앞의 논문, 190쪽.

佛雙身像, Aksobhya Buddha), 불공성취불쌍신상(不空成就佛雙身像, Amoghasiddhi Buddha) 등이 있다. 이 대일여래는 우리나라에서는 비로자나불로 알려져 있다. 이 탕카들을 통해 보자면 이 탕카가 제작되었던 시기의 티베트에서는 비로자나불, 즉 대일여래가 최고의 존경을 받는 부처이며 티베트 불교의 중핵이라고 할 수 있다.

그리고 제프(Jeff)는 그의 논문에서[102] 2번의 위치에 있는 존재들은 인도전통과 깊은 관계를 가지고 있으며 특히 여덟 인도지명(八印度持明, Eight Indian Vidyadhara)과 여덟 헤루카(八嘿嚕嘎, Eight Heruka)와 관계가 있다고 하였다.
여덟 인도지명과 여덟 헤루카는 아래와 같다.

1. 문수우(文殊友 Manjusrimitra), 분노문수(忿怒文殊 Yamari Manjusri Krodha)
2. 용수(龍樹 Nagarjuna), 마두명왕(馬頭明王 Hayagriva)
3. 머우친가러(哞欽噶熱 Humkara), 길상 헤루카(吉祥嘿嚕嘎 Sri Heruka)
4. 무후우(無垢友 Vimalamita), 금강감로(金剛甘露 Vajramrta)
5. 파드마삼바바(蓮華生 Padmasambhava), 보파금강(普巴金剛 Vajrakila)
6. 다나쌍즈다(達那桑智達 Dhanasamskrta), 마모보퉁(瑪莫波通 Matarah, Mamo Botong)
7. 러부구야자다(惹不古雅扎達 Rambuguhya Chanda), 공찬세신(供贊世神 Lokastotrapuja, Jigten Choto)
8. 샹옌가바(香延噶巴 Santigarbha), 금강맹주(金剛猛咒 Vajramantrabhiru, Mopa Dranag)

• • • • • • • • • • • •
102) 제프(Jeff), 앞의 논문, 192쪽.

위의 견해를 검토해 보면 여덟 인도지명은 게사르왕 탕카 11개 중 9개에서 나타나고 있다. 여덟 인도지명이 등장하지 않는 탕카는 짠선옌쉬마부(贊神延須瑪布)와 동생 루주튀가(弟弟魯珠托噶)이다. 짠선옌쉬마부(贊神延須瑪布) 상부에 있는 2번 인물은 자바하허(扎巴哈合, Pra bha ha hi)이고 동생 루주튀가(弟弟魯珠托噶)의 2번 인물은 뒈제썬바(多杰森巴, Rdo rje semsdpa`, Vajrasattva)이다. 이들은 여덟 인도지명과 여덟 헤루카와는 관계가 없다.

또한 제프(Jeff)는 상부인물군 중의 3번의 인물군에 대해서 이 인물군들은 티베트 팔지명(八持明) 혹 팔제자(八弟子)와 관계가 깊다고 하였다.[103] 티베트 팔지명(八持明) 혹 팔제자(八弟子)는 다음과 같다.

1. 짠푸 츠송더짠(贊普赤松德贊 Khri srong lde btsan)
2. 난커닝보(南咯寧波 Nam mkha`i snying po)
3. 쌍제이시(桑杰益西 Sangs rgyas ye shes)
4. 쟈와췌양(嘉瓦却央 Rgyal ba mchog dbyangs)
5. 이시춰제(益西措杰 Ye shes mtsho rgyal)
6. 줘미베이예(卓彌貝耶 `Brog mi dpal ye)
7. 베이지썬거(貝吉森格 Dpal gyi seng ge)
8. 베이뤄저나(貝若遮那 Be ro tsa na)

이를 살펴보자면 티베트 팔지명(八持明) 혹 팔제자(八弟子) 중 1번의 짠푸 츠송더짠(贊普赤松德贊 Khri srong lde btsan)은 게사르전 탕카 11개에서는 나타나지 않고 나머지는 모두 탕카에 등장한다.

● ● ● ● ● ● ● ● ● ● ● ●
103) 제프(Jeff), 앞의 논문, 192쪽.

또한 게사르전 탕카 11개 중 7개는 티베트 팔지명(八持明) 혹 팔제자(八弟子)가 있다. 그러면 이들이 나타나지 않는 탕카는 어떤 것이 있을까? 그것은 짠선옌쉬마부(贊神延須瑪布), 게사르왕, 동생 루주퉈가(弟弟魯珠托噶), 창바둥퉈(倉巴東托)이다. 이 탕카에서는 위의 티베트 팔지명(八持明) 혹 팔제자(八弟子)가 나타나지 않는다.

그런데 2번의 인물군과 3번의 인물군들을 종합적으로 검토하자면 게사르전 탕카 11폭 중에서 2폭이 두드러진다. 그것은 탕카 짠선옌쉬마부(贊神延須瑪布)와 동생 루주퉈가(弟弟魯珠托噶)이다. 이 두 탕카는 위에서 살펴본 여덟 인도지명과 여덟 헤루카, 그리고 티베트 팔지명(八持明) 혹 팔제자(八弟子)와는 전혀 관계가 없다. 이를 통해 보건데 이 두 개의 탕카는 탕카 11폭 중에서 어떤 질서를 벗어나 있는 듯하다. 다시 말하자면 이 2폭의 탕카는 다른 9폭의 탕카와는 다른 지역이나 다른 시기에 독자적으로 그려진 듯 하다.

또한 상부인물군 중에서 두드러지는 인물로는 파드마삼바바(蓮花生大師)가 있다. 파드마삼바바는 인도출신의 승려로서 불법을 티베트에 전래한 중요한 역할을 하였다. 그런 연유 때문인지 상부인물 중에는 그의 아내인 만달러와(曼達熱娃)와 이시취졔(益西措杰)가 있고, 또한 그의 제자인 쟈와췌양(嘉瓦却央)과 불경을 번역한 베이뤄저나(貝若遮那)도 있다.

이처럼 게사르전 탕카는 인도에서 전래된 인물들에 대한 존경과 티베트 자체 불교에서 전래된 인물들을 골고루 그려내면서 그 지역 사람들이 어떤 신위나 인물을 존경하고 있는지 보여주고 있다.

4-3. 실크로드 - 인도와의 관련

본문의 분석을 통해 게사르전 탕카의 인물들은 **인도와 깊은 연관**을 가지고 있음을 알 수 있었다. 상부인물군 중 2번의 위치에 있는 인물군들은 여덟 인도지명과 여덟 헤루카와 직접적으로 연결되어 있었다. 또한 용왕 쭈나런친(龍王祖納仁欽)이 타고 있는 코끼리 모양의 마카라는 인도에서 유래한 동물이며, 다른 상부인물 중의 하나인 쟈와췌양(嘉瓦却央)의 경우 이것은 인도의 힌두신인 마두명왕(馬頭明王)에서 유래하였다. 이와 같은 점을 볼 때 쓰촨성박물원 탕카에는 인도의 영향이 많이 나타나며 이와 아울러 티베트의 자기화된 모습도 상부인물군 중 3번의 위치에 있는 인물들에게서 두드러진다.

실크로드 상의 두 나라인 인도와 중국은 많은 문화적인 영향을 주고 받았다. 그런데 종교적인 측면에서는 인도에서 중국으로 유입된 경우가 많았다. 특히 불교는 초기불교의 유입 이후로 중국의 많은 승려들이 인도에 유학 가서 더 풍성히 전개된 불교 이론들은 받아들였다. 이는 현장스님의 《대당서역기》나 혜초스님의 《왕오천축국전》 등을 통해 알 수 있다. 이중 인도에서 유래된 대일여래 즉 비로자나불은 티베트에서는 확고한 자리매김을 하고 있다. 그리고 이 대일여래는 한국에도 전래되어 여러 사찰에서 그 모습을 찾아볼 수 있다. 실크로드의 문화적인 영향은 이렇게 끊임없이 흐르고 있다.

II

《서유기》는 하나였을까?

1. 《서유기》와 관련된 여러 가지 책들

《서유기》의 유래 과정을 보면, 《서유기》는 당대(唐代)의 《대당서역기(大唐西域記)》를 바탕으로 송대(宋代)에는 평화소설(平話小說)인 《대당삼장취경시화(大唐三藏取經詩話)》와 잡극(雜劇) 《당삼장취경시화(唐三藏取經詩話)》 등의 문학적 실험을 거치면서 완성되었다. 그러나 《서유기》의 기본 모티브라고 할 수 있는 것은 당(唐)삼장이 불경을 구한다는 역사적 사실과, 원숭이가 주인공으로 등장하는 미후고사(獼猴故事)이다. 이 두 가지 이야기 중에서 당삼장의 이야기는 《대당서역기》와 《대당대자은사삼장법사전(大唐大慈恩寺三藏法師傳)》속에 있었으며, 미후고사는 인도의 전통적인 시가에 들어 있던 것이 불교가 중국에 유입되는 과정에서 불경 속에서 나타나게 되었다. 이처럼 각각 따로 있던 두개의 이야기가 송대에 와서야 결합되어 《서유기》의 기본 구성을 이룬다.

당삼장을 기록한 최초의 기록은 당(唐) 현장(玄奘)[104]이 구술하고 승(僧) 변기(辯機)가 받아적은 천축기행록(天竺紀行錄)인 《대당서역기》이다. 이 책은 일종의 여행기로서 현장이 17년간 서역으로 가는 동안에 보고 들은 141개국의 지리, 풍속과 자신이 겪은 어려움을 기술하고 있다. 그리고 이어서 나온 기록으로는 당 현장의 전기인 《대당대자은사삼장법사전》을 들 수 있다. 이 책은 당대(唐代)의 승려인

• • • • • • • • • • • •

104) 당삼장은 당대(唐代)의 태종(太宗)이 현장(玄奘)에게 내린 호(號)이다.

혜립(慧立)이 《대당서역기》를 바탕으로 해서 서술한 것인데 이 문헌의 전반부는 서역 인도에 관한 기록이며, 후반부는 현장법사의 역경 사업에 관한 기록105)이다.

그리고 미후고사의 경우는 인도 최고의 서사시인 라마야나(Ramayana) 속의 하누만(Hanuman)이라는 원숭이를 들 수 있다. 이 원숭이는 공중을 비행할 수 있고, 몸을 늘였다 줄였다할 수 있는 신통력을 지니고 있다. 여기에서 원숭이가 신통력을 가졌다는 것은 《서유기》에서 손오공이 신통력을 부린다는 것과 연결되는 맥락이라고 볼 수 있다106). 그리고 불경 중의 본생담(本生經)에서는 파수밀다(婆須密多)라는 천신이 나오는데 이 천신은 원래는 원숭이였으나 청정한 비구를 잘 공양해서 하늘에 올라 신이 되었다고 한다. 이 본생담의 이야기는 《서유기》의 전체적인 줄거리와 상통하는 면이 있다고 볼 수 있다.

이처럼 당삼장의 여행기와 원숭이에 대한 이야기가 합쳐져서 최초로 《서유기》의 기본체제와 유사한 모습을 보이는 것은 앞에 든 평화소설(平話小說)인 《대당삼장취경시화》이다. 결국 100회본 《서유기》는 이러한 문학형식적인 실험을 거친 후에 비로소 나타난 것이다.

장회소설(章回小說) 형식의 소설 《서유기》는 일반적으로 오승은(吳承恩)이 만년에 칩거하면서 썼던 것으로 알려져 있다107). 만약에 이것이 사실이라면 그의 사망연대가 만력(萬曆)10년(1582)임을 감

• • • • • • • • • • • • •

105) 이상익(李相翊), 《韓中小說의 比較文學的 硏究》, 서울 : 삼양사(三英社), 1983, 27-30쪽.
106) 후스(胡適), 《中國章回小說考證》, 上海書店, 1980, 338-341쪽.
107) 루쉰(魯迅), 《中國小說史略》, 北京: 新華書局, 1930, 129-130쪽. 그러나 오승은이 과연 《서유기》의 저자인가에 대해서는 현재 여러 학자들이 의심하고 있다. 그래서 여기서는 세덕당본으로 지칭하기로 한다.

안할 때 아마도 그 전 10년을 그의 저작시기로 잡을 수 있으며, 그가 죽은 후에 정리된 완정한 《서유기》인 세덕당본(世德堂本)은 만력19년 (1592년)에 나왔다고 볼 수 있다. 그런데 이러한 장회형식을 갖춘 소설 《서유기》는 세덕당 100회본 이외에도 명대에 두 권이 더 있었던 것으로 알려져 있다. 이 두 권은 주정신(朱鼎臣)이 편집한 68회본 《당삼장서유석액전(唐三藏西遊釋厄傳)》과 양지화(楊志和)의 41회본 《서유기전(西遊記傳)》이다. 이 두 권 중에서 《당삼장서유석액전》은 1920년대말에 발견되었기 때문에 뒤늦게 학자들의 연구대상이 되었다. 이 세 권의 책 중에서 어떤 책이 가장 처음 판본이 되는가가 최근 판본논쟁에서 가장 첨예하게 부각되는 문제점이다. 그리고 100회본 《서유기》가 과연 최후의 결정본이며 나머지 두 권이 《서유기》의 먼저 판본이었는가, 아니면 100회본 《서유기》가 먼저 나타난 이후에 나머지 두 권이 나타났는가가 문제의 핵심인 것이며, 또한 나머지 두 권의 선후문제도 역시 논란의 대상이 되고 있다.

《서유기》의 3개의 판본에 대한 논의는 대개 다음과 같이 정리할 수 있겠다.

1. 1924년 루쉰(魯迅)은 《중국소설사략(中國小說史略)》에서 양지화의 41회본 《서유기전》(이하 양본이라고 부름)을 세덕당 100회본 《서유기》(이하 세본이라고 부름)의 처음 판본이라고 말하였다[108].

---

108) 루쉰(魯迅), 앞의 책, 129쪽.

2. 1929년을 전후해서 그동안 발견되지 않았던 여러가지 자료들이 발견되면서 판본의 문제는 중요하게 떠오른다. 중요한 자료는 다음과 같은 3개이다.

① 오승은이 죽고 난 이후인 명 만력19년(1592)에 그의 원고를 다시 정리해서 출판한 세덕당본이 새로 발견되었다.
② 유영무(劉永茂)가 간각(刊刻)하고 주정신(朱鼎臣)이 편집(編輯)한 《당삼장서유석액전》(이하 주본이라 부름)이 발견되었다.
③ 영락대전(永樂大典)의 제13039권의 송자운(送字韻) 몽자조(夢字條)에서 "위징이 꿈에서 경하의 용을 베다.(魏徵夢斬涇河龍)"라는 기록과 그것이 《서유기》에 있다는 기록이 발견되었다[109].

이러한 세 가지 자료의 발견으로 인해서 앞에 언급한 노신이 주장한 양본이 최초의 판본이라는 설은 다시 논의되기 시작했다.

3. 1934년에 정전둬(鄭振鐸)은 〈서유기의 변화 · 발전(西遊記的演化)〉라는 글에서 영락대전에서 근거한 《서유기》는 바로 세본(1582년)의 처음 판본이며 주본과 양본은 모두가 세본을 근거로 하였다고 주장하면서 그 차례를 세본-주본-양본의 순서로 배열하고 있다[110].

• • • • • • • • • • • • •

109) 영락대전(永樂大典)은 영락 원년(1403년)에서 영락 6년(1409년)까지 편성되었는데 이 기록에 따르자면 《서유기》는 적어도 영락이전에 존재하고 있어야 한다는 의미가 된다.
110) 주이쉬안(朱一玄) 編, 《古典小說版本資料選編》, 山西人民出版社, 1985, 182쪽.

4. 1935년에 루쉰도 일역본(日譯本) 《중국소설사략》의 서(序)에서 정전둬의 의견에 찬동하며 자신이 양본을 처음 판본으로 삼은 것은 잘못이었다고 밝히고 있다.[111]

그러나 이후로 주본이나 양본에 대한 본격적인 연구가 없어서 이들의 주장에 대한 반박이 없었다가, 1980년대에 들어서야 이 설에 대한 다양한 의견이 제시된다.[112]

• • • • • • • • • • • •

111) 루쉰, 앞의 책 164쪽. "鄭振鐸敎授又證明了《四遊記》中的《西遊記》(卽 楊本)是吳承恩《西遊記》的摘錄, 而幷非祖本, 這是可以訂正拙著第16篇中所說的"

112) 1980년 이전 시기 판본에 대한 논의는 일본과 영국에서 비교적 활발하게 진행되었다.

2. 판본에 대한 논쟁

《서유기》의 판본에 관한 문제를 다룬 최근의 학자로는 천간(陳澉)
과 천신(陳新)을 들 수 있다. 천간은 《《서유기》판본원류탐유(西遊記
版本源流探幽)》[113]에서 세본 - 양본 - 주본을 주장하였고, 천신은 《《서
유기》판본원류일개가설(西遊記版本源流一個假說)》, 〈중평주정신당삼
장서유석앵전적지위화가치(重評朱鼎臣唐三藏西遊釋厄傳的地位和
價值)〉, 〈당삼장서유석액전,《서유기》전정리후기(唐三藏西遊釋厄傳, 西
遊記傳整理後記)〉등의 논문[114]에서 양본 - 주본 - 세본의 순서를 말하
면서 각각 세본과 양본을 《서유기》의 처음 판본이라고 하였다.

2-1. 세본(世本) - 양본(楊本) - 주본(朱本)이라는 설

양지화의 《서유기전》은 명대 각본으로 밝혀진 《사유기(四遊記)》
안의 한 부분으로 실려 있다. 그리고 그 책 제목 표지에 쓰여진 "제
운 양지화편(齊雲 楊志和編)"이라는 구가 이 책이 양지화에 의해 쓰

• • • • • • • • • • • •

113) 《中國古代近代文學硏究》, 1988年 8月號, 천간(陳澉), 〈西遊記版本源
流探幽〉, 237-242쪽.
114) 이들 논문은 1984年 人民文學出版社版 《中國小說史料叢書》, 1983年
《江海學報》, 1984年 江蘇古籍出版社版 《西遊記硏究》에 각각 실려 있으
나 여기서는 1985年 山西人民出版社版 《古典小說版本資料選編》에 모
아진 자료를 인용한다.

여겼다는 추측의 근본적인 동기가 되고 있다.

그리고 주정신이 지은 것으로 전해지는 《당삼장서유석액전》은 1930연대에 일본의 무라구치 서점(村口書店)에서 발견되었다. 이 책은 아주 드문 희귀본으로 전체가 10권 68개의 회목(回目)으로 이루어져 있으며 총자(總字)가 10만여 자이다. 이것을 먼저 연구한 이들은 쑨제디(孫楷第)와 정전둬(鄭振鐸)이며 이들은 세본을 처음 판본으로 여겼다.

세본 《서유기》가 제일 먼저 나오고 다음에 양본과 주본이 차례로 출현했다고 주장하는 학자들 가운데 하나는 천간인데, 그는 몇 가지의 증거를 바탕으로 해서 자신의 논리를 전개하고 있다. 아래에서 그의 주장을 보자.

A) 세본과 주본과의 관계

천간은 주정신의 《당삼장서유석액전》 10권 68회목을 면밀히 고찰해서 내용을 분석하였다. 그리고 10권 중의 1, 2, 3, 5, 6, 7의 내용은 세본 《서유기》의 전15회를 베낀 것이라고 했다. 그 증거로서

① 회목형식(回目形式)을 볼 때 세본은 대우식 회목(對偶式 回目)이며, 주본은 단구식 회목(單句式 回目)이다. 그런데 주본의 처음 2권의 회목은 세본과는 다르다. 그러나 3권부터는 세본의 상응하는 회목과 글자 하나 틀리지 않다.
그리고 주본 삼권 중 "관음부회문원인(觀音赴會問原因)"과 "소성시위항대성(小聖施威降大聖)"의 2개의 회목은 세본의 제6회 회목

과 일치한다. 또 삼권 중 "팔궤로중도대성(八卦爐中逃大聖)"과 "오행산하정심원(五行山下定心猿)"은 세본의 제7회 회목과 같다. 여기에 주본의 "여래불수압제천성(如來佛收壓齊天聖)"을 넣게 되면 내용도 일치한다.

따라서 이런 사항을 종합할 때에 주정신은 세본의 1개 회목을 2, 3개로 나누어서 서술하면서 세본의 대우식(對偶式) 회목을 자기 식의 단구식(短句式)으로 나눈 것에 불과하다는 결론이 도출될 수 있다.

② 세본의 회말시(回末詩)와 세본의 회목(回目)을 연결하면 주본의 회말시(回末詩)가 된다.

천간은 이러한 예를 도표화하여 증거로써 제시하고 있다.[115]

세본 회말시		세본 회목		주본 회말시	
제일회	대자연속에서 태어나 원래 성도 없었으니, 깨치기 힘든 공(空)을 깨트리면 반드시 깨달음에 이르리라.	제이회	미후왕은 보리의 묘리를 깨닫고, 손오공은 마에서 벗어나 원신에 이르다.	제삼회	대자연속에서 태어나 원래 성도 없었으니, 깨치기 힘든 공(空)을 깨트리면 반드시 깨달음에 이르리라. 미후왕은 보리의 묘리를 깨닫고, 손오공은 마에서 벗어나 원신에 이르다.
	鴻蒙初辟原無姓 打破頑空須悟空		悟破菩提眞妙理 斷魔歸本合元神		鴻蒙初辟原無姓 打破頑空須悟空 悟破菩提眞妙理 斷魔歸本合元神
제삼회	높이 천신의 지위에 올라, 이름은 신선도록에 남겨지네	제사회	필마온에 봉해지니 어찌 마음이 흡족하랴, 제천에 봉해졌어도 마음은 편안치 못하다.	제칠회	높이 천신의 지위에 올라, 이름은 신선도록에 남겨지네 필마온에 봉해지니 어찌 마음이 흡족하랴, 제천에 봉해졌어도 마음은 편안치 못하다.
	高遷上品天仙位 名列仙班寶箓中		官封弼馬心何足 名注齊天意未寧		高遷上品天仙位 名列仙班寶箓中 官封弼馬心何足 名注齊天意未寧

• • • • • • • • • • • •

115) 천간(陳澂), 앞의 論文, 238쪽.

그런데 세본의 회말시(回末詩)같은 경우는 격률에 있어서나 시 자체의 내용이 본문과 일치하지만 주본의 회말시는 격률에 어긋나며 내용이 들어 맞지 않는다. 이것으로 보아 주본 회말시의 상, 하련은 원래는 하나가 아니였으며 세본의 회말시와 그 아래의 회목을 이어서 만든 것이기 때문에 격률이나 내용이 들어 맞지 않는다는 것이다.

이와 같이 천간은 두 가지 증거를 들었으며, 주본 4권의 근거를 송원남희(宋元南戱)의 〈진광예강유화상(陳光蕊江流和尙)〉에서 베낀 것이라고 주장하였다. 〈진광예강류화상〉는 완정된 모습의 서책은 남아 있지 않지만, 전남양(錢南揚)의 《송원희문집일(宋元戱文輯佚)》에 남아있는 자료를 살펴볼 때 구성이나 내용의 배치에 있어서 주본과 비슷하다. 그러므로 주본 권사(卷四)에 나오는 당승출신고사(唐僧出身故事)는 주정신이 〈진광예강류화상〉를 근거로 개작한 것이라고 할 수 있다고 천간은 주장한다.

B) 양본과 세본과의 관계

천간은 양본과 세본에 있어서 **세본이 처음 판본**이라는 증거를 다음과 같이 3가지를 들고 있다.

① 양본은 내용과 문장이 거칠고 조잡한데 비해서 세본은 내용의 방대함과 글솜씨·상상력·창조력에서 양본과 비교할 수가 없다. 만약 세본이 양본에 바탕을 두었다면 곳곳에서 양본에 매인 흔적이 보여야하는데 그런 흔적이 없다.
② 세본의 제11회에서는 현장의 출신에 대해서 24구의 운어(韻語)

가 등장하고, 모두 격률에 맞으며 정련된 문장임에 비하여 상응하는 양본에는 형식에 있어서 운어(韻語)가 아니고 서술성의 단어이다.

③ 양본의 "삼장역진제난이만(三藏歷盡諸難已滿)"이라는 회에는 "행자구출사부(行子救出師父), 사중일야성치(四衆日夜星馳), 주과흠법국(走過欽法國), 우지은무산절악연환동(又至隱霧山折岳連環洞)"이라는 글이 나오는데 여기에 비해서 세본에서는 주과흠법국(走過欽法國)이라는 다섯글자를 근거로 해서 단지 흠법국을 그냥 지나친 것이 아니라 거기에서 보고 들은 것이 80회 한 회를 이루고 있다. 이것은 오승은이 다섯 글자를 가지고 이야기를 늘인 것이 아니라 양지화가 양을 삭제해서 간단히 고쳤다고 보는 것이 더 정확할 것이다.

필자는 천간의 의견에 대해 B항의 경우에는 논증의 근거가 미약하다고 본다. B항의 ①에 대해서 양지화가 모자라는 글솜씨로 세본을 보고서 베꼈다고 하지만, 그것은 다시 생각한다면 오승은의 글솜씨가 뛰어날 경우 양지화의 난잡한 처음 판본을 가지고도 얼마든지 자신의 상상력을 발휘할 수 있는 것이다. ②에 대해서는 양본이 세본의 운문(韻文)을 베껴서 산문화했다고 했는데 운문(韻文)을 가지고 산문을 만드는 과정이나, 산문을 가지고 운문을 만드는 과정 자체에서 작품의 선후문제를 증명할 수는 없다. 그리고 ③번에 있어서 소설이란 상상력의 소산이기 때문에 다섯 字를 가지고 그것을 확대해서 하나의 이야기를 만드는 것은 큰 어려움이 아닐 것이다.

2-2. 양본 - 주본 - 세본이라는 설

여기에 대해서 천신은 앞에서 설명한 천간의 주장인 양본-주본의 관계에 대해서는 별다른 이의가 없으나 세본에 있어서는 의견을 달리하고 있다. 천간은 세본이 세 가지 판본에 있어서 가장 처음 판본이라고 하였으나 여기에 대해서 천신은 양본이 가장 처음 판본이 되며 이 판본을 바탕으로 해서 주본과 세본이 각각 나왔다고 한다. 그리고 양본이 세본보다 먼저 나왔다는 근거를 다음과 같이 두 가지로 들고 있다.

① 양본 자체를 볼 때 여상두(余象斗)가 양본을《사유기(四遊記)》에 집어 넣었을 시기가 만력(萬曆)20년(1593년)좌우이므로 양본은 이것보다 먼저 나왔을 것이다. 그러므로 양본이 나온 시기는 적어도 그 이전이다.

② 양본에 사용되는 문체는 원대(元代)나 원(元) 이전인《대당삼장취경시화》등에서 쓰인 문체와 거의 일치한다. 그러므로 양본은 명대 이전의 작품이다.

그러나 천신의 의견에 있어서 필자는 ①의 경우 양본이 만력20年 이전에 쓰여졌다고 해도 그것만 가지고는 양본이 세본이 씌여진 만력10年 이전이라고 볼 증거는 될 수 없다고 보며, ②의 경우 문체에 대한 지적은 양본의 시대성을 추정할 수 있는 구체적인 논거를 들어서 증명한 것이 아니기 때문에 큰 타당성을 가진다고 볼 수 없다.

천신은 이런 주장을 바탕으로 해서 세 책의 차례에 대해 다음과 같은 가설를 내세운다. 즉 주본은 아마도 세본의 전15회가 가정년간에 완성되어 출간되었을 때, 크게 환영받는 것을 보고서 이익에 눈이 먼 서상(書商)이 서역으로의 여행을 주제로 한 이야기를 주정신에게 하나 써줄 것을 부탁하자, 주정신은 당시에 통용되던 양본을 보충해서 주본을 썼을 가능성이 있다. 여기에서 세 책의 차례는 양본 - 주본(세본초고와 양본을 바탕으로 한) - 세본(세본의 정본)이라고 정할 수 있다고 한다. 이러한 생각을 바탕으로 하면《서유기》연구상 문제가 되었던 4가지 점에 있어서 천신은 다음과 같은 주장을 한다.

① 양본은 서역으로의 여행을 주제로 하는 이야기 중 **가장 완정한 고본(古本)**이며, 여상두(余象斗)의 《사유기(四遊記)》에 끼어든 탓에 세본이 유행한 후에도 도태를 면할 수 있었다.

② 세덕당본의《서유기》는 양본을 근거로 했으며, 그중의 진광예(陳光蕊), 강류아고사(江流兒故事), 오계국(烏鷄國), 차지국(車遲國), 통천하고사(通天下故事)는 세덕당본 고유의 것이다.

③ 세덕당본《서유기》는 한 순간에 이루어진 것이 아니라, 그중 15회는 가정년간에 씌여졌다. 그리고 나머지는 이후 다시 정리해서 완전한 세본을 내 놓았다.

④ 진광예, 강류아고사가 처음 판본에는 있는데 세본에는 빠진 것에 대한 이유는 아마도 당시의 예교(禮敎)면에서 내용자체가 명문부녀(名門婦女)의 예교와 관계가 되고 "성승(聖僧)"출신이라는 것에 하자가 될 것이므로 세본에서는 빠진 듯 싶다.

위에서 언급한 것은 대체로 세본과 양본의 선후문제에 대한 논쟁이었다고 볼 수 있는데 이런 논쟁 이외에도《영락대전(永樂大全)》에 있는 글을《서유기평화(西遊記平話)》의 일부로 간주하는 리스런(李時人), 싱즈핑(刑治平), 차오빙젠(曹炳建)등이 있다.

그들이 지칭하는《서유기평화(西遊記平話)》는 잔본(殘本)만이 남아 있다고 하는데 이 잔문(殘文)은 앞에 든 영락대전의 "위징이 꿈에서 경하의 용을 베다.(魏徵夢斬涇河龍)"는 부분과 조선한어교과서(朝鮮漢語教科書)인《박통사언해(朴通事諺解)》의 '차지국투성(車遲國鬪聖)'이라는 단편, 그리고《쇄석진공보권(鎖釋眞空寶卷)》의 '당승서천취경고사(唐僧西天取經故事)'의 세 가지를 가리킨다. 그 중에서도《박통사언해(朴通事諺解)》에서 이랑신(二郎神)의 이름 아래 주를 달면서 '소혜영현진군지묘(昭惠靈顯眞君之廟)'라고 하였는데, 세본 제6회에 이랑신이 자신을 손오공에게 소개하는 중에 '오내옥제외생칙봉소혜영현왕이랑시야(吾乃玉帝外甥勅封昭惠靈顯王二郎是也)' 라는 기록이 있다. 그런데 원대에서 명초 시기에 관계되는 희곡들은 모두가 이랑신을 '청원묘도진군(淸源妙道眞君)'이라는 점을 볼 때, 세본에 나오는 이랑신의 이름은《서유기평화(西遊記平話)》를 그대로 계승한 것이라고 주장하고 있다.

그러나 그들이 든 증거는 단편적인 단어만을 나열하였을 뿐 더 구체적인 증거는 없다.

또 한국의 이상익(李相翊)은 주본에 대해서는 언급하지 않은 상태에서 양본과 세본의 관계를 설명하는데 간본(簡本)을 번본(繁本)으로 바꾸는 것보다는 번본(繁本)을 간략하게 하는 것이 더 논리적이라고 하며 세본 - 양본의 차례 매김을 하였다[116].

이처럼 처음 판본에 관한 논의는 1980년대에 들어서면서 여러가지 자료를 활용하여서 활발하게 연구되고 있다. 그러나 위에서 설명한 대로 세본 《서유기》가 완성된 이후로 양본과 주본이 등장했는지, 아니면 세본보다 엉성하고 짧은 구조를 가진 양본이나 주본이 등장한 이후로 이것을 모방해서 세본이 나왔는지는 아직까지 확실한 정설이 없이 앞에 든 학자들의 가설들을 중심으로 학자들간에 논의되고 있다.

• • • • • • • • • • •
116) 이상익, 앞의 책, 76쪽.

III

《서유기》의 주요내용
- 요괴들과의 싸움

1. 내부의 싸움

《서유기》의 싸움은 내부적 갈등과 외부적 싸움의 두 가지로 크게 나
누어 생각해 볼 수 있다. 첫째는 내부적인 갈등이 있다. 이 내부적인
갈등 안에는 주인공 일행간의 성격차이에 의한 갈등과, 개개인 마음
속에서 벌어지는 갈등이 있다. 또한 한 집단 내에서의 갈등은 주인
공 일행에서만 나타나는 것이 아니라 요괴집단에서도 보이고 있다.
그리고 둘째는 외부적인 싸움을 들 수 있는데 외부적인 싸움의 양상
은 그 다음에 살펴 볼 것이고 여기에서는 내부적인 갈등에 대해서
알아보겠다.

주인공 일행 내부의 갈등을 살피기 위해서는 우선 주인공 일행의
성격 자체를 살필 필요가 있다. 왜냐하면 내부적 갈등의 양상에서
개인의 성격차이에서 비롯되는 갈등이 가장 큰 요소를 차지하기 때문
이다. 주인공들의 특징을 살펴보면, 삼장을 제외하고 나머지는 정상
적인 인간이 아니다. 네 제자들 중에서 손오공, 팔계, 용마는 동물들
이며, 사승(沙僧)은 괴물이다. 이러한 주인공들의 모습과 정체는 이
작품내부에서 꼭 필요한 역할을 하기 위해 설정된 것인 동시에 작품
이 전개되는 방향을 암시하는 요소이기도 하다. 왜냐하면 이들이 여
행을 하면서 싸움을 해야 하는 대상은 정상적인 인간이 아니라 비정
상적인 요괴들이며, 이러한 비정상적인 대상들과 싸우는 존재로 정
상적인 인간들이 설정된다면 싸움은 균형이 맞지 않기 때문이다. 주
인공 일행이 여행하는 동안에 맞서 싸우게 되는 요괴들이 사는 세계

는 이 세계와는 궤를 달리하는 저 세계이다. 이 요괴들은 인간들과는 비교할 수 없는 능력을 갖추고 천상과 지상을 드나든다. 즉 그들은 인간적 차원의 세계를 넘어 서 있다. 이 요괴들에 대처하는 주인공 일행이 인간으로 등장한다면 그들은 《서유기》 내부에서 등장하는 인간들처럼 허약한 인간이 될 가능성이 크며, 그렇게 되면 요괴들을 대적할 수 없다. 그래서 직접 요괴들과 대결하는 삼장의 제자들은 인간이 아닌 동물이나 괴물이 된 것이다.

주인공 일행 중 **삼장**은 유일한 인간이다. 그리고 삼장은 자신의 제자들에게나 요괴들에게 중요한 의미를 지닌다. 주인공 일행 중에 삼장이 있기 때문에 요괴들은 싸움을 걸어오게 된다. 삼장은 요괴들에게는 유혹물이 된다고 할 수 있다. 예를 들어 남자요괴들이 삼장을 먹게 되면 장수하게 되며, 여자요괴들이 삼장과 동침을 하면 태을상선(太乙上仙)이 될 수 있었다.

이처럼 삼장은 주인공 일행들이 81난(難)을 맞게 되는 직접적인 동기를 제공해 주며, 또한 제자들의 움직임에 있어서 구심점이 된다. 왜냐하면 삼장을 제외한 나머지 일행들은 조금이나마 신통력을 가지고 있기 때문에 굳이 고생을 무릅쓰지 않아도 여래의 처소에 도착할 수 있다. 그러나 삼장이라는 존재가 없다면 그런 여행은 아무 의미가 없다. 인간인 삼장이 인간적인 한계 안에서 고난을 헤쳐 나온 이후라야 비로소 그들 일행은 각각의 죄과를 없앨 수 있다는 전제가 있었던 것이다. 그러므로 주인공 일행에게 삼장은 **의미의 중심**이라고 볼 수 있다. 그리고 삼장은 그냥 지나쳐도 상관없는 상황임에도 불구하고 참견하다가 재난을 만나게 되는 경우가 많다. 그는 가장 인간적인 약점을 많이 가지고 있는 존재이다.

1-1. 제자들의 역할분담

제자들 가운데 가장 주도적으로 활약하는 제자를 꼽자면 손오공을 들 수 있다. 이 손오공의 원모습은 원숭이이며 72가지의 신통력을 가지고 있다. 그런데 원숭이라는 동물의 특징은 앞뒤로 움직이기도 하지만 다른 동물과는 다르게 지상을 벗어나서 나무를 타고서 오르락 내리락하는 상하운동을 한다. 원숭이의 이러한 운동성은 손오공이 천상과 지상을 아무런 무리없이 드나들 수 있는 근거가 되며, 이러한 점이 그를 외부적 싸움에서 가장 활발하게 움직이는 존재가 되도록 해 준다. 손오공에 대해서는 샤즈칭(夏志淸, C. T. Hsia)은 다음과 같이 평가한다. 손오공은 달과 태양의 영향으로 석란(石卵)에서 태어나 힘과 지식을 찾아 나서는데 이는 위를 향한- 인간의 지력과 인간의 모습을 지닌 무생물인 돌로부터 가능한 높은 정신세계에 이르려는- 의식적인 추구로 볼 수 있다고 하는 것이다[117].

그리고 손오공과 형, 아우사이인 팔계의 경우는 돼지로 설정되어 있다. 돼지의 본성은 대체로 탐욕과 저돌성으로 요약할 수 있다. 손오공과 비교할 때 손오공이 하늘과 땅을 마음대로 돌아다니는 존재인데 비해서 팔계의 주요 활동지는 땅이다. 그러므로 팔계는 요괴들과의 싸움에서 손오공보다는 부차적인 임무를 맡게 된다. 그러나 이런 관점 이외에도 제자들 가운데 다른 동물이 아닌 바로 돼지라는 동물이 그들 일행이 될 수 있었던 것은 아마도 중국인들의 돼지에 대한 감정도 작용했을 것이다. 중국인들이 가장 즐겨 먹는 고기는 돼지고기이며, 돼지는 그들에게 있어서 비교적 친근하게 느껴지는

· · · · · · · · · · ·
117) 이상익, 앞의 책, 105쪽에서 재인용.

동물일 것이다. 그렇기 때문에《서유기》내에서 인간인 삼장은 원숭이인 손오공과 돼지인 팔계 사이에 의견대립이 일어났을 때 각각 의견의 정당성을 따지기보다는 팔계의 의견에 부화뇌동한다.

사승은 이야기 진행에 있어서 거의 자신의 개성을 드러내지 않으며 싸움에 직접 참여하는 경우도 드물다. 그러나 사승의 이름과 그가 살던 곳을 바탕으로 추측해보면 그의 역할이 무엇인가에 대해서 어느 정도 윤곽을 잡을 수 있다. 사승이《서유기》에 관련된 문헌에 처음으로 등장한 것은《대당대자은사삼장법사전(大唐大慈恩寺三藏法師傳)》에서이다. 이 기록을 보면 현장(玄奘)이 돈황(敦煌) 서쪽을 여행할 때 거의 800여리나 되는 사하(沙河)라는 사막을 건너게 되었는데 그는 잘못해서 사막에서 가장 중요한 물주머니를 엎지르고 만다. 그리고 저녁이 되었는데 꿈에 창을 든 신이 하나 나타나서 잠자지 말고 빨리 일어나 걸어가라고 하였다. 꿈에서 깬 현장은 신의 말을 따라서 걸어가 다른 길을 하나 발견하게 되었고 그 길을 따라가 물을 얻어서 사막을 건너게 되었다[118].

이 기록을 보면 사승의 원형이라고 할 수 있는 **사하**의 신은 사막에서 현장에게 길을 알려준 고마운 존재였다. 이 형태가 변화해서 사하라는 사막은 유사하라는 강이 되었고, 도움을 준 신은 사승이 되었다. 이런 면에서 볼 때, 주인공 일행에게 사승의 역할은 안내자라고 볼 수 있다.

마지막으로 용마의 역할은 삼장을 태워서 편안한 여행을 보장하는데 있다. 그는 자신의 개성을 드러내는 경우가 없이 여행을 보조하지만 80회의 경우에서는 삼장에 의해 손오공은 수렴동(水濂洞)으

---

118) 張靜二,〈論沙僧〉,《中國古代小說研究》, 上海古籍出版社, 1983, 199쪽.

로 쫓겨가고, 손오공을 내쫓은 삼장을 비롯한 일행은 요괴들에게 잡혀서 손을 쓸 수 없는 위기의 상황이 되었다. 이에 용마는 사람처럼 말을 하면서 활약을 한다. 그러나 이렇게 개성을 드러내는 경우는 드물고 대부분은 묵묵히 삼장을 싣고서 여행을 따라다닌다.

1-2. 갈등의 양상

이렇게 성격이 다른 존재들이 함께 여행하기 때문에 이 집단의 내부에서도 자주 마찰이 빚어진다. 이러한 내부적 갈등은 서로 무기를 휘두르며 싸우는 양상으로가 아니라, 심리적 갈등의 양상으로 나타나고 있다. 이들 내부의 갈등이 드러나는 양상은 첫째로 **삼장 한 명과 제자들과의 갈등**으로 나타난다. 삼장은 언제나 선심(善心)을 베풀려는 쪽이라고 한다면 나머지는 그런 선심에 관심을 두지 않는다. 예를 들어 40회에 등장하는 찬두호산(鑽頭號山)의 홍해아와 80회에 등장하는 함공산(陷空山)의 여괴(女怪)같은 경우를 보더라도 둘 다 삼장을 잡아먹고 영생불사의 몸이 되고자하는 욕심을 가지고 있다. 그래서 두 요괴는 같은 방법으로 나무에 매달려서 삼장의 주의를 끌고 삼장의 자비심에 호소한다. 처음 40回에 홍해아가 유혹할 때 손오공은 그의 법력으로 요괴임을 알아챈다. 그래서 매달려 있는 변장 요괴는 상관하지 말고 부지런히 길이나 가자고 했지만 이 여행의 대장은 삼장이다. 결국에 주인공 일행은 선심을 베풀게 되고 이런 결과로 언제나 삼장이 화를 입게 된다. 또한 40회의 경우를 거울 삼아서, 80회에 함공산 여괴가 변장하고 등장했을 때 손오공은 역시 요괴의 속임수를 알아보고서 삼장에게 그냥 가자고 설득하지만, 삼장은 곤란을 겪는 인간을 두고서 갈 수 없다고 필요 없는 고집을 부려서 또 고생을 하게 된다.

또다른 갈등은 제자들 중 **손오공과 팔계간의 다툼**을 들 수 있다. 손오공과 팔계는 서로 형과 아우의 사이이기 때문에 팔계는 손오공의 의견을 따르는 것이 당연할 것이다. 그러나 팔계는 손오공을 형으로서 대접하지 않고 그의 의견에 대해서 대부분 반대를 한다. 이처럼 팔계가 적대적인 태도를 취하므로 손오공도 또한 팔계를 일부러 고생시키면서 보이지 않는 대립관계를 만든다.

그런데 삼장은 영리한 손오공보다는 어리숙한 팔계편을 들고 있으며, 팔계는 이런 사실을 충분히 이용하여 손오공을 두 번 씩이나 낙향을 시킨다[119]. 그러나 팔계의 판단은 대부분 틀리고 결국에는 가장 재주가 탁월한 손오공의 부재로 일행은 헤어날 수 없는 질곡에 빠지게 되며 팔계는 다시 손오공의 복귀를 염원하게 된다. 이런 경로를 거쳐 손오공은 다시 돌아와 일행을 위해 활약한다.

세번째 갈등의 양상은 **손오공과 용마**이다. 손오공은 대뇨천궁(大鬧天宮)시절에 필마온(弼馬溫)이라는 벼슬을 했기 때문에 말을 마음대로 다룰 줄 안다. 그리고 말의 경우는 삼장이나 팔계가 길을 재촉했을 때는 모른 척하고 길을 가지만, 손오공이 재촉하게 되면 꼼짝 못하고 그의 말을 따른다. 이들의 관계는 일방적인 명령과 복종의 관계라고 볼 수 있으며 이런 관계는 사이좋은 동반자의 관계가 아니라

• • • • • • • • • • • •
119) 여기에서는 오승은(吳承恩)의 《서유기》(上中下)(人民文學出版社, 1989)를 기초로 하였으며, 안의운(安義運)이 번역한 《서유기》(吳承恩 著, 삼성출판사, 1993)를 참고하였다. 첫번째 귀양은 본문 27회에서 이루어지고 있고 두번째 귀양은 본문 56회에 나타난다.

어쩔 수 없이 용마가 손오공의 말을 따라야하는 불편한 관계이다.

넷째로 사승과 팔계의 싸움을 주목할 수 있다. 그들의 갈등은 표면화되지는 않지만, 사승은 손오공과 팔계의 싸움에서 대체로 손오공의 편을 들면서 팔계를 불신한다. 26회에서 손오공은 백골부인(白骨夫人)을 죽인 사건으로 삼장의 노여움을 사 낙향하게 되었다. 이때 손오공은 유독 사승에게 삼장을 신신당부한다. 이를 통해 볼 때 손오공과 사승은 협력관계라고 볼 수 있는 데 비해서 사승과 팔계는 신경전을 벌이는 대립관계라고 할 수 있을 것이다.

이런 다섯 주인공의 관계를 통해 우리는 오(五)라는 숫자에 주의할 필요가 있다. 그것은 '五'라는 숫자가 산해경(山海經), 여씨춘추(呂氏春秋) 등의 고대서적에서 보편적으로 사용되고 있는 숫자이며, 아마도 중국인이 세계를 인식하는 접근방법에 있어서 이같은 오라는 개념과 오방(五方), 그리고 오행사상(五行思想)은 아주 중요한 위치를 점하고 있는 것으로 여겨진다. 이런 연장선에서 《서유기》에서도 '다섯'이라는 주인공들의 숫자가 자연스럽게 글 속에서 나타날 수 있는 부분이라고 추측할 수 있을 것이다.

소설가는 아마도 자신이 살던 시대에 있어서 그 시대 사유의 반영자이며, 역사 속에서 응축된 그 민족 사고의 표본이라고 할 수 있다. 그런데 중국인들의 사고에서 오(五)라는 수의 개념은 세계를 이해하는 하나의 틀을 이룰 수도 있었을 것이다. 이러한 바탕에서 소설가는 그의 생각의 범위 안에서 다섯 명의 주인공 일행을 생각해 내었고, 이런 구도의 기본틀은 오행에 근거한 표현이라고 할 수 있을 것이다. 오행(五行)[120]이라는 바탕에서 상극(相克)의 개념은 소설에서는 갈등이라는 양상으로 드러났다고 할 수 있다.

그러나 이러한 오행적 배치를 구조와 역할이라는 측면에서 보자면 삼장을 중심으로 하는 네 제자의 배치는 일차적 공간 구성에 있어서는 완벽하다. 삼장을 중심으로 전후를 두 제자가 담당하고, 좌우에 두 제자가 있음으로 해서 샐 틈 없는 방어가 가능하다. 구조적인 면에서 네 제자의 배치는 가장 빈틈없는 배치라고 할 수 있다. 그리고 역할 면에서는 손오공과 팔계가 주로 공격과 수비를 담당하고 사승이 안내자로서의 역할을 수행하며 용마는 나머지 한 방위를 통해서 삼장을 태우고 도망친다.

한편 주인공 일행 내부의 갈등 이외에도 또 흥미로운 점은, **요괴들 집단 자체에서도 대립하고 갈등하는 장면이 등장한다는 점이다**. 59회부터 61회에 등장하는 파초선(芭蕉扇)을 가진 나찰녀(羅刹女)와 우마왕(牛魔王)의 경우 여러 차례의 싸움을 통해서 나찰녀는 손오공의 실력이 우마왕보다 월등하다고 판단한다. 그래서 우마왕에게 파초선을 넘겨주고 조용히 살자고 권한다. 우마왕과 나찰녀는 서로 갈등하는 존재였다. 물론 이런 묘사는 손오공과 팔계의 갈등처럼 눈에 보이는 양상은 아니다. 하지만 요괴들이 일률적으로 움직이지 않는다는 사실이 중요하다. 요괴들은 완전히 악역의 대명사는 아니며 나름대로의 내부적인 갈등이 있는 것이다.

또한 33회와 34회에 등장하는 금각(金角), 은각대왕(銀角大王)의

----

120) 오행(五行)에 있어서의 상생(相生), 상극(相克)의 개념은 음양학설(陰陽學說)이 그 기저를 이룬다. 이것에 대한 자세한 설명은 한동석(韓東錫), 《우주변화의 원리》, (중판:행림출판, 1985) 84-89쪽을 참조할 수 있다.

부하인 영리충(怜悧蟲)과 정세귀(精細鬼)같은 경우는 손오공에게 무기를 빼앗기고 나서는 그대로 돌아가서 사실을 말할 것인가, 혹은 도망칠 것인가 하는 갈림길에서 망설인다. 여기서 명령을 따라야만 한다는 당위성과 그렇게 해서는 벌을 받는다는 현실이 충돌, 대립하는 것이다. 영리충과 정세귀는 마왕의 명령과 현실의 이익사이에서 갈등하다가 결국에는 현실의 이익에 굴복하게 되며, 결과적으로 손오공의 꾀에 속아 넘어가게 된다. 이런 경우에 만약 이 요괴가 단지 명령을 그대로만 수행했더라면 이야기는 평면적으로 진행되었을 것이고 여기에 어떤 이야기의 재미가 붙지 않을 것이다. 여기서 우리는 이야기에서 재미를 주는 요소가 바로 '갈등', 혹은 '싸움'임을 알 수 있다.

또 다른 측면으로 개인 주체 내부에서의 싸움이 있다. 손오공의 경우를 볼 때 마음속에 일어나는 내부적인 갈등구조가 있다. 대장인 삼장이 손오공의 말을 듣지 않고 일행 내부에서의 대립자라고 할 수 있는 팔계의 말을 따라서 행동하는 경우가 있다. 이때 손오공이 만약 절대복종의 자세로 삼장의 말을 따라갔다면 사건이 더 크게 벌어지지 않을 수도 있다. 그러나 손오공은 삼장에게 복종하는 편이 아니다. 언제나 이런 순종과 반항이라는 마음속의 갈등 속에서 손오공은 반항을 선택한다. 팔계의 경우를 보면, 그는 사건이 벌어질 때마다 자신이 허세부리며 살던 고로장(高老莊)으로 돌아가느냐, 그대로 남느냐의 기로에 서서 갈등한다. 이것은 외적 존재들과의 투쟁이 아니라 자기 내면의 갈등이라고 할 수 있다.

2. 외부와의 싸움

《서유기》에서는 내면적인 갈등이 중요한 재미의 요소이기는 하지만 외부적인 요괴들과의 싸움이 좀 더 광범위하게 나타나며 동시에 더 큰 비중을 가지고 있다.

그런데 주인공 일행이 맞부딪혀서 싸우는 요괴들은 일반적인 인간집단이 아니라 인간집단과는 구별되는 별개의 집단이다. 그러므로 싸움의 양상을 분석하기에 앞서서 이 요괴들의 성격과 요괴집단 자체의 형성모습을 알아보며, 다음으로 이 요괴들과 주인공 일행이 싸움을 시작할 때 어떤 이유로 싸움을 시작하는지를 알아보자. 그리고 마지막으로 주인공 일행이 요괴들과의 싸움에서 스스로의 힘으로 대항해내느냐, 아니면 외부적인 도움으로 극복해내느냐를 주목하자.

첫 번째는 요괴[121]들의 성격과 요괴들이 집단을 형성한 양태에 관한 문제이다. 요괴라는 집단은 주인공 일행에게는 분명히 장애가 되지만 그들의 본질을 보면, 원래부터 악한 일만을 행하며 태어날 때부터 비도덕적인 행위를 하도록 되어 있는 것은 아니라는 점에 주목할 필요가 있다.

이런 면에서 요괴의 성격은 두 가지로 나누어 볼 수 있다. 하나는

---

121) 《서유기》 본문 안에서는 요괴(妖怪), 요마(妖魔), 요정(妖精), 요왕(妖王) 등의 명칭이 혼재되어 사용되고 있다. 여기에서는 이러한 명칭들 가운데 요괴 혹은 요마라는 이름을 주로 사용하고자 한다.

주인공 일행에게 장애가 되지만 본질적으로 악의를 가지지 않은 요괴이고, 다른 하나는 주인공 일행에게 장애가 됨과 동시에 나쁜 일을 일삼는 악의 화신과도 같은 요괴이다.

그리고 요괴 하나하나의 성질을 떠나 요괴들이 모여서 이루는 집단을 생각할 수 있다. 이 요괴집단의 모습을 계보적인 집단과 개별적인 집단으로 나누어 살펴보겠다.

2-1. 선악이 혼재한 요괴들

요괴가 이중적 성격을 지녔다는 말은 요괴에게도 인정(人情)이 있다는 말이다. 그들은 단지 악의 화신이 아니라, 그들이 그렇게 악행을 행하게 될 수밖에 없는 논리적인 필연성을 지니고 있다. 이처럼 모종의 이유 때문에 이중적 성격을 지니게 된 요괴는 우리가 일반적으로 알고 있는 요괴들처럼 나쁜 일만을 일삼지는 않는다. 비록 주인공 일행에게는 장애가 될지라도 다른 측면에서는 좋은 면도 지닌 경우이다.

이런 대표적인 예로서 사람들에게는 도움을 주지만, 주인공 일행에게는 곤란을 주는 경우가 있는데 이것은 흑풍산(黑風山)(자료122) 2), 화염산(火焰山)(자료17), 청룡산(靑龍山)(자료29)에서 볼 수 있으며, 요괴의 역할 자체가 인간들의 지난 죄과를 씻어 주는 역할을 하는 경우도 있다. 이런 경우는 주자국(朱紫國)(자료22), 천축국(天

• • • • • • • • • • • •

122) 외부적 싸움, 대립의 양상 분석에 있어서는 자료가 방대한 관계로 자료표를 활용하겠다. 이 자료표는 본장의 마지막에 첨부한다.

쯰國)(자료30)에서 볼 수 있다. 그리고 천상에서 이룰 수 없는 사랑의 완성을 위해서 지상으로 내려와서 요괴 노릇을 하는 보상국(寶象國)(자료7)의 경우가 있다.

〈 주인공 일행에게 곤란을 주는 요괴 〉

흑풍산(黑風山)(자료2)에서 등장하는 흑풍산의 흑풍괴(黑風怪)는 애초부터 주인공 일행을 해칠 마음이 없었다. 오히려 흑풍산 근처에 있는 관음원(觀音院)의 260살 먹은 중과는 친구사이로서 손오공의 행패로 인해서 관음원에 불이 났을 때 멀리서 그 불길을 보고 도와주러 오게 된다. 그러나 관음원에서 삼장의 금란가사(金蘭袈裟)를 보고 나쁜 마음을 먹게 되며 결국 이 옷을 훔쳐서 도망친다.

흑풍괴는 요괴이기는 하지만 인간과도 교류를 하고 있었으며, 그들의 어려움을 보고서 도울 줄도 알았다. 이런 면에서 이 요괴는 이중적 성격을 지닌다고 할 수 있다.

화염산(火焰山)(자료17)에서 나오는 나찰녀는 파초선을 가지고 화염산의 불길을 잠시 줄일 수 있는 능력을 가지고 있다. 그래서 화염산 근처에서 살고 있는 인간들을 위해 가끔씩 부채를 부쳐주며 그들이 오곡을 기를 수 있는 시간적 여유를 준다. 이에 인간들은 나찰녀를 좋은 선인이라고 추앙하고 있었다. 여기에서의 나찰녀는 요괴라기 보다는 선인으로 취급된다. 또한 우마왕이 손오공과 싸우게 되었을 때, 우마왕의 힘이 달리게 되자 나찰녀는 쓸데없이 피를 보지 말고 그냥 손오공이 필요한 부채를 잠시 빌려주고 일을 매듭짓자고 한다.

나찰녀의 경우는 손오공 일행에게는 장애가 되지만 일반적인 사람들에게는 도움을 주는 존재이며, 우마왕과 비교할 때 좀 더 합리적인 판단을 하는 존재라고 할 수 있다.

청룡산(靑龍山)(자료29)에서 주인공 일행이 금평부(金平府)에 도착했을 때 만나게 되는 벽한(辟寒), 벽서(辟暑), 벽진(辟塵)의 세 왕은 천년간 금평부 부근에 있는 청룡산에 살고 있었다. 그들은 인간들에게 향유(香油)를 받아먹으며 그들과 공존해왔다. 어떤 면에서는 이 지역에 텃세를 부려서 자기들의 욕심을 채우는 면이 있는가 하면 반면에 어떤 점에서는 그들을 보호해 주는 면이 있는 것이다. 이들은 일종의 지역신적인 모습을 띠고 있다.

여기서 요괴들은 악의 화신으로 등장하고 있지는 않다. 그런데 문제가 되는 것은 요괴들은 그들이 삼장을 먹게 되면 장수할 수 있다는 것을 알고 있다는 점이다. 그래서 이들은 삼장을 보자마자 납치해 버린다. 이처럼 요괴는 인간들에게는 큰 해를 끼치지 않지만 삼장에게는 위험요소가 되는 두 가지 측면을 지니고 있다. 여기에서 흥미로운 인물은 주인공 일행을 도와주러 나타나는 원조자인 사목금성(四木禽星)이다. 그들은 천상의 별임에도 불구하고 요괴들과 싸우는 상황에 처하게 되면 동물성을 드러내면서 요괴들을 먹어치우기도 한다. 이런 면을 볼 때 신들 안에도 수성(獸性)이 있으며, 요괴들의 속성에도 인간적인 면이 갖추어져 있음을 알 수 있다.

〈 요괴가 죄과(罪過)를 씻어 주는 경우 〉

손오공이 주자국(朱紫國)(자료22)에 도착해서 왕의 병을 고치려고 하는데, 왕에게 병이 난 이유는 주자국 근처 기린산(麒麟山)에 사는 새태세(賽太歲)라는 요괴가 국왕의 왕후를 자신의 부인으로 삼으려고 납치한 데서 비롯되는 것이었다. 그런데 좀 더 사정을 깊이 알고 보면 국왕은 젊은 시절에 사냥을 좋아해서 불모(佛母)인 공작대명왕보살(孔雀大明王菩薩)의 두 자식인 병아리를 상하게 한 일이 있었는데 그 일에 대한 죄과로 병이 난 것이다. 새태세는 한 편으로는 요괴 노릇을 하고 있지만, 또 다른 한 편으로는 관세음보살의 명령으로 주자국에 와서 왕에게 고통을 주어 왕의 죄업을 씻어 주고 있었던 것이다. 새태세는 표면적으로는 요괴로 나오지만 사실은 이중적인 역할을 수행한다고 볼 수 있다.

천축국(天竺國)(자료30)에서의 여괴(女怪)는 광한궁(廣寒宮)의 옥토끼이고, 천축국(天竺國)의 진짜 공주는 원래 월궁의 소아(素娥)아가씨이다. 그런데 소아아가씨가 17년전에 월궁에서 화가 나는 일이 생겨 그 화풀이로 옥토끼를 때린 일이 있다. 그런 이후에 소아아가씨가 인간세(人間世)에 내려 가게 되었는데 옥토끼는 그 전의 원한을 잊지 않고 있다가 공주에게 복수하려고, 광한궁을 빠져나와서 공주를 광야에 버리고 자신이 공주노릇을 하고 있었다.

요괴가 공주를 괴롭히는 것은 이유없는 괴롭힘이 아니라 인과론적인 결과로서 요괴는 자신이 과거에 당했던 일에 대해 복수하고 있었다.

〈 사랑의 도피자들 〉

보상국(寶象國)(자료7)에 등장하는 황포괴(黃袍怪)는 그 능력이 대단하다. 그는 손오공이 수렴동으로 쫓겨간 사이에 흑안정신법(黑眼定身法)으로 삼장을 호랑이로 만들었으며 나머지 제자들에게도 부상을 입혔다. 팔계는 손오공에게 구원을 요청하게 되었고, 손오공은 황포괴와 맞붙어서 싸운다. 이번에는 힘이 부족해서 황포괴는 천상으로 도망을 친다. 손오공은 더 이상 추격할 방법이 없게 되자 천상 28수(宿)에게 도움으로 청하고 그들의 도움으로 황포괴인 규성(奎星)을 찾아내는데, 황포괴의 경우는 사실 공주를 납치한 것 이외에는 인간에게 해를 입히지 않았다. 이들 관계의 근원을 더 깊이 따진다면 바로 요괴는 천상 28수(宿) 중의 하나인 규성이었고, 공주는 피향전(披香殿)에서 향을 사르던 옥녀(玉女)였다. 이 둘은 서로 좋아하는 사이가 되어서 그 정분을 천상에서는 감히 풀 수 없으므로 지상으로 도망쳐서 부부사이가 되었다. 이들은 천상에서는 그들의 애정을 나눌 수 없으므로 사랑의 완성을 위해서 지상으로 자리를 옮긴 것이다. 그러므로 본질적으로 악한 요소는 없다고 볼 수 있다.

2-2. 악한 요괴들

본질적으로 악하다는 것은 외면이나 내부가 이중적인 모습을 보이지 않고, 등장할 때부터 투쟁적이며 항복할 때까지 투쟁적인 요괴들을 말한다. 대표적인 예로써 항복을 한 후에도 끊임없이 저항하는 홍해아(紅孩兒)(자료10)의 경우가 있고, 본질적인 투쟁성을 그대로 간직하고 있는 흑하룡(黑河龍)(자료11)과 금두동(金兜洞)(자료14)의 요괴가 있으며, 삼장과의 동침을 한결같이 소원하는 비파동(琵琶洞)(자료15)의 여자요괴도 있다.

〈 끊임없는 저항 〉

고송간(枯松澗)의 홍해아(紅孩兒)(자료10)는 우마왕(牛魔王)과 나찰녀(羅刹女) 사이에 태어난 아들이다. 그는 나찰녀가 살고 있는 화염산(火焰山)에서 300년간 내공수련을 통해 삼매진화(三昧眞火)를 획득한 요괴이다. 그의 불은 보통의 불이 아니기 때문에 손오공이 당해내지 못해서 관세음보살까지 원조자로 나타나게 된다. 결국 홍해아는 관세음보살에게는 이기지 못하고 피투성이가 된다. 그러나 생명을 불쌍히 여기는 관세음보살은 자비심을 발휘해서 요괴의 머리를 밀고 자신의 심부름을 담당하는 선재동자(善財童子)로 만들었다. 그럼에도 불구하고 이 요괴는 선재동자가 된 후에도 틈만 나면 관세음보살에게 덤벼들어서 더 심한 벌을 받는다.

〈 투쟁의 전형 〉

흑하룡(黑河龍)(자료11)에 나오는 소별룡(小鼈龍)은《서유기》전반부에 등장하는 위징(魏徵)승상에게 목이 잘린 경하(涇河)용왕의 아홉째 아들로서 그는 흑수하(黑水河)를 건너려는 과객들을 이유없이 괴롭힌다.

금두동(金兜洞)(자료14)의 독각시대왕(獨角兕大王)은 강력한 무기인 둥근 테를 가지고 있는데 이 무기는 상대방이 어떤 종류의 무기를 가지고 있다고 할지라도, 모두 빨아들이는 능력을 갖춘 무기이다. 시대왕(兕大王)이 삼장을 납치했을 때 손오공은 그를 구하려고 싸움을 걸지만 역부족으로 손오공의 여의봉은 대왕의 손에 넘어가게 되고 손오공은 다른 곳에 원조를 구하게 된다. 여기서의 시대왕은 싸움을 하는 것에 별다른 회의를 품지 않는다.

〈 여자요괴의 경우 〉

비파동(琵琶洞)(자료15)에 사는 여자요괴는 삼장과의 결혼을 꿈꾸며, 이런 목적으로 그를 납치한다. 그리고 도마독장(倒馬毒椿 : 말까지 쓰러뜨리는 매서운 몽둥이)이라는 무기를 가지고 삼장의 제자들과 싸움을 하게 된다. 그런데 이 무기는 굉장한 힘을 가지고 있어서 여괴가 이 무기로 손오공의 머리를 때리자, 태상노군의 화로에서도 끄덕 없던 머리가 아파오게 되었다. 손오공은 더 이상 공격을 할 수 없는 처지가 된다. 제자들의 힘으로는 여자요괴의 힘을 당할 재주가 없어서 손오공은 결국 원조자를 요청하게 된다.

여기에서 나오는 여자요괴는 색에 굶주린 요괴이다. 그렇기 때문에 삼장을 죽여서 그의 고기를 먹으려는 것이 아니라 그와의 동침을 원했다. 만약 이 여자요괴가 삼장과 함께 자게 된다면 삼장은 동정을 잃게 되고 동시에 요괴는 장수할 수 있었던 것이다.

2-3. 집단적인 형태의 요괴들

집단적 혹은 계보적이라는 것은 요괴들이 독립적으로 사는 것이 아니라 그들이 집단을 이루어서 하나의 사회를 형성하고 있으며 그들 사이에 일정한 관계를 형성하고 있는 경우를 말한다. 그러나 여기에서 이들 요괴집단이 소집단적으로는 계보를 이루며 일정한 사회를 형성한다고 할지라도 이들 요괴집단 전체가 하나의 일관된 체계를 이루지는 않고 있다.

이들 요괴집단 가운데에서 인척관계가 확실한 경우는 평정산(平頂山)(자료8)과 주자국(朱紫國)(자료22)에 나오는 요괴들을 들 수 있으며, 요괴 사이의 삼각관계가 두드러진 경우는 홍해아(紅孩兒)(자료10)와 화염산(火焰山)(자료17)의 요괴가 있다. 그리고 또 다른 경우로서 나무정령들이 사회구조를 이루고 있는 경우는 형극령(荊棘嶺)(자료19)을 들 수 있으며, 벌레들이 사회를 이루는 모습은 반사동(盤絲洞)(자료23)에서 볼 수 있다. 그리고 요괴집단 중에서도 군대 조직의 성격이 뚜렷한 경우는 연환동(連環洞)(자료27)의 경우가 있다.

〈 인척관계 〉

평정산(平頂山)(자료8)에 사는 요괴집단의 성격은 독특하다. 왜냐하면 평정산 요괴들은 알고보면 관세음보살이 주인공 일행의 진심을 알아보기 위해 일부러 태상노군 휘하에 있던 금난로과 은난로를 지키는 동자를 변신시켜 지상에 파견하였기 때문이다. 그런데 처음부터 이 두 대왕은 인육을 먹는 비인간적인 행동을 하고 있다. 또 이들은 노모(老母)와 삼촌인 호아칠대왕(狐阿七大王)이 있는 것으로 보아 이들은 계보가

있는 요괴들이다. 그러나 이야기의 후반부에서는 이들이 천상에서 급파
했다는 것으로 얘기를 끝맺는 것으로 보아 이 스토리는 분열된 양상을
보이고 있다. 아마도 기본 모티프에 시간이 지나면서 여러 가지 이야기
가 덧붙여지면서 이런 모습을 지니게 된 것이다. 어쨌든 이들 요괴들은
하나의 가족집단을 이루고 있다.

옥화성(玉華城)(자료28)에 등장하는 표두산(豹頭山)과 죽절산(竹節
山)의 요괴 사이에는 할아버지, 손자라는 인척관계가 성립되어 있으며
대장이라고 할 수있는 구령원성(九靈元聖)은 자신들의 부하, 손자에게
의리를 지킨다. 2명의 손자가 손오공의 손에 잡히게 되자 원성(元聖)은
자신이 감금하고 있는 팔계와 손자의 인질교환을 제안한다.
이를 통해 볼 때 요괴사이의 인척관계에서는 서로 의리를 지키며,
혈연관계를 지닌 요괴들 사이에는 남다른 친근감이 있는 듯 싶다.

〈 애정의 삼각관계 〉

홍해아(紅孩兒)(자료10)와 화염산(火焰山)(자료17)에서는 하나의 가
족 단위를 형성한 요괴들이 등장한다. 여기에는 우마왕과 부인되는 나
찰녀 그리고 그들의 자식인 홍해아, 또 우마왕의 첩(妾)이 되는 옥면공
주(玉面公主)간의 관계가 나타나 있다. 홍해아는 투쟁적인 요괴이지만
아버지에 대한 효심이 있다. 그래서 자신이 삼장을 납치한 이후에 혼자
서 삼장을 먹어 치우려 하지 않고 그의 아버지인 우마왕을 초청한다.
또한 우마왕의 경우는 분명히 부인인 나찰녀가 있음에도 불구하고 재산
많은 옥면공주와 첩살림을 하고 있으며, 옥면공주는 또 자신의 처지를
알고 나찰녀에게 철마다 일정량의 물건을 보내서 화해를 요청하고 있었
다. 요괴들에게 재산이 어떤 가치를 가지는지 정확하지는 않지만 재산
이 그들 삼각관계에 있어서 매개역할을 하는 것은 분명한 듯 싶다.
이처럼 요괴 내에서 하나의 가족관계가 형성되어 있고, 이들 사이에

긴밀한 관계가 맺어져 있음을 알 수 있다.

〈 나무정령의 사회 〉

형극령(荊棘嶺)(자료19)에 사는 나무의 정령들은 하나씩 존재하는 것
이 아니라 사회를 형성하고 있었다. 그들은 선인 풍모를 지닌 노인이나
시동, 혹은 미녀의 형태를 하고 있었다. 처음에는 삼장을 납치해서 정중
하게 선법(禪法)의 묘(妙)를 듣고자 했지만, 미녀가 삼장과의 결혼을 원
하게 되고 또 이 미녀와 합세한 나무의 정령들이 삼장에게 결혼을 강요
하게 된다. 이들 사회를 보면 이들은 정확한 위계질서를 갖추고 있지는
않지만 나이순에 따라서 어느 정도의 사회구조를 이루고 있다.

〈 곤충간의 관계 〉

반사동(盤絲洞)(자료23)에 나오는 요괴집단은 벌레들의 정령들이 만
든 집단이다. 우선 반사령의 칠여괴(七女怪)의 본상은 거미로서 삼장이
음식을 구하려고 혼자서 그녀들의 동굴에 들렀을 때 곧 그를 먹이로
잡아들인다. 손오공은 아무리 기다려도 삼장이 돌아오지 않자 문제가
생긴 것을 알고서 그녀들의 동굴로 가서 싸움을 벌이게 된다. 그녀들의
법력은 손오공에게 미치지 못하는 것이어서 결국 그녀들은 자신들과
동맹관계에 있는 황화관(黃花觀)의 다목괴(多目怪)라는 요괴의 처소로
도망간다. 다목괴는 전갈의 정령으로 도관(道觀)을 차려 놓고 수행하고
있다. 거미와 전갈은 서로 이웃해 살면서 도움을 주고 받았던 것이다.
다목괴는 칠여괴의 설명을 듣고 황화관에 온 주인공 일행에게 독약이 든
차를 내놓아 일행의 목숨을 뺏을 생각을 하지만, 손오공에게만은 이런
독약이 통하지 않는다. 그래서 손오공이 반격을 하게 되자 다목괴는 자신
의 안전을 위해서 동맹관계에 있는 칠여괴를 희생시킨다.

이처럼 벌레들의 정령이 화한 요괴들은 앞 부분에서 예로 들은 평정산(자료8)이나 옥화성(자료28), 청룡산(자료29)과는 다른 성격을 지님을 알 수 있다. 즉 벌레들의 정령간에는 유대의 끈이 튼튼하지 않은 듯 싶다.

〈 정렬된 군대조직 〉

연환동(連環洞)(자료27)에서 일행이 만나게 되는 요괴집단은 내부질서가 군대처럼 조직화 되어 있는 집단이다. 가장 하부에는 싸움을 전문적으로 하는 부하요괴들이 있고 그 위에 선봉대장, 그리고 꾀장이 요괴 즉 참모라고 할 수 있는 존재가 있고 그 위에 이 동굴의 주인인 남산대왕(南山大王)이 있다. 남산대왕은 다른 요괴들에 비해서 색이나 재물보다는 싸움을 더 즐긴다.

이 요괴집단 중의 졸개 하나는 사타령(獅駝嶺)에서 살았었는데 손오공이 대장요괴를 죽여서 여기로 도망쳐왔다고 한다. 요괴집단 내부에서도 인간집단과 마찬가지로 도망자가 있고 다른 요괴집단으로 편입하는 요괴도 있다. 이런 점을 볼 때 요괴집단도 고정된 집단이 아님을 알 수 있다. 그러나 이러한 부분적인 변동은 가능하지만 이들 우두머리들끼리의 회의라든가 이들 요괴집단 전체가 단결해서 원조자들의 집단이나 주인공 일행에게 덤벼드는 경우는 《서유기》에서 볼 수 없다.

2-4. 개별적 요괴들

개별적인 요괴들 중 혼자서만 활동하는 요괴로는 삼타백골정(三打白骨精)(자료6)과 타라장(駝羅莊)의 요괴(자료21)를 들 수 있으며, 이렇게 혼자서만 활동하는 요괴 중에서도 천상에서 내려온 요괴로는 통천하(通天下)의 요괴(자료13)가 있다. 그리고 여자요괴의 대표적인 경우는 비파동(琵琶洞)의 요괴(자료15)를 들 수 있으며, 특이한 예로써 다른 공간세계에서 여행의 세계로 끼어든 진가행자(眞假行者)(자료16)의 가행자(假行者)가 있다.

이들을 살펴보자.

삼타백골정(三打白骨精)(자료6)에 나오는 백호령(白虎嶺)의 시마(屍魔)는 아리따운 여자로 변장해서 쌀밥과 국수로 주인공 일행을 유인한다. 삼장은 여자로 변장한 요괴를 알아보지 못하지만 일행 중에서 가장 능력이 뛰어난 손오공은 이 여자가 요괴의 변장임을 알고서 죽여 버린다. 그런데 손오공이 요괴를 죽이려는 찰나에 요괴는 손오공의 살의를 눈치 채고 즉시 시체만을 남기고 도망쳐버리게 된다. 이 시체를 본 삼장은 쓸데없이 인간을 살상한다고 손오공을 꾸짖는다. 그런데 이 도망간 요괴는 손오공을 무서워해서 숨은 것이 아니었기 때문에 두 번이나 다른 모습으로 나타난다. 이때에 손오공은 나타나는 대로 때려죽이는데 이런 공격에 결국에는 요괴도 도망치지 못하고 죽고 만다. 분별력이 없는 요괴라고 볼 수 있다. 그런데 삼장은 요괴의 시체를 보고 손오공을 더 이상 제자로 둘 수 없다면서 그를 낙향시킨다. 여기서 나오는 시마는 특별한 동료나 인척이 없는 개별요괴이다.

타라장(駝羅莊)(자료21)에 사는 희시동(稀柿洞)의 요괴는 주인공 일행이 타라장에 도착하기 3년 6개월 전에 나타난 요괴로서 사람들을 잡아먹으며 살고 있었다. 그는 집단을 형성하지 않은 개별요괴이다. 그런데 손오공이 나서서 정체를 알아보니 뱀이 환골탈태한 이무기였다. 이 유형의 요괴는 천상에서 떨어진 존재가 아니라 지상에서 스스로 성장한 요괴이다.

통천하(通天下)(자료13)에서 나오는 영감대왕(靈感大王)의 경우는 관세음보살의 연화지(蓮花池)에 살던 고기로서 매일 머리를 내밀어 경을 듣고 그것을 수성(修成)의 수단으로 삼았다. 그리고 물이 범람하는 틈을 타서 지상으로 내려왔다. 역시 개별적인 요괴이다.

비파동(琵琶洞)(자료15)에서 서량여국(西梁女國) 가까이에 사는 독적산(毒敵山) 여괴(女怪)도 역시 개별적인 요괴라고 할 수 있으나 특이한 점은 이 여괴가 사는 지역에는 여자들만이 산다는 점이다. 서량여국의 여자들은 남자들이 없는 상태에서 수태를 할 수 있는 샘을 가지고 있어서, 이 샘물을 마신 삼장과 팔계가 임신을 하게 되는 사건이 일어난다. 여자들만이 사는 지역에 남자요괴가 아닌 여자요괴가 산다는 점은 지역적인 특이성이라고 할 수 있을 것이다.

진가행자(眞假行者)(자료16)에서 나오는 육이미후(六耳獼猴)는 특히 개별성이 두드러진 존재이다. 여기서 여래가 세계를 설명하는 논리를 보면 보천(普天)에는 오선(五仙)이 있는데 이 오선은, 천(天), 지(地), 신(神), 인(人), 귀(鬼)이며 여기에 오충(五蟲)인 영(臝), 린(鱗), 모(毛), 우(羽), 곤(昆)이 있는데 이런 열 가지에 들지 않는 네 가지 종류의 원숭이가 존재한다는 것이다. 그 중의 하나가 이 가행자(假行者)인 육이미후(六耳獼猴)이다. 이러한 설명은 어떤 논리적 배경에서 나왔는지는 아직까지 불확실하다.

즉 육이미후가 사는 공간은 주인공 일행이 움직인 공간과는 다른 공간이다. 그리고 이런 다른 공간에 대한 설명은 그 이후에도 나오지 않는 것으로 볼 때 《서유기》 내용 중에서 독특한 부분이라고 할 수 있다.

지금까지 《서유기》에 등장하는 요괴들의 모습을 이중적 성격을 지닌 요괴와 그렇지 않고 본질적으로 나쁜 짓만을 일삼는 요괴로 구분해서 보았고, 이와 아울러 **집단적으로 함께 사회를 형성하며 사는 요괴와 혼자서 움직이는 요괴**로 나누어 보았다.

우리는 일반적으로 요괴라고 하면 주인공 일행을 방해하는 나쁜 존재로 알고 있지만 앞에서 설명한 대로 그들은 악한 짓만을 하는 것이 아니라 때로는 인간들을 돕거나 상부상조하는 경우도 있을 수 있으며, 인간들에게 도움을 주는 경우까지도 있음을 알 수 있다. 그리고 요괴사회를 볼 때 개별적인 요괴 뿐만이 아니라 요괴들 내부에서도 사회를 형성하여 생활을 영위하고 있는데 이들이 취하는 행동의 반경은 인간생활의 범주를 넘어서지 않고 있다. 《서유기》의 작자는 인간을 넘어선 존재로서의 요괴들을 상정한 것이 아니라 인간에게 다가서려는 요괴의 모습을 그린다.

3. 싸움은 어떻게 시작되는가?

주인공 일행이 요괴들과 싸움을 시작할 때의 양상은 네 가지로 나누어 볼 수 있다. 우선 공격의 주체 문제로서 요괴들이 먼저 공격했는가 아니면 주인공 일행이 먼저 공격했느냐의 문제이다. 그리고 그것이 의도적인 것인가 아니면 우연히 그런 상황과 부딪혀서 어쩔 수 없이 공격하게 되었는가로 구분할 수 있다.

3-1. 요괴들이 일부러 공격하는 경우

일부러 공격한다는 것은 삼장 일행이 천축으로 여행을 한다는 소문을 듣고 몇 년씩이나 그들 일행을 기다려서 공격하는 경우를 말한다. 일반적인 전쟁이나 싸움의 양상에 있어서, 싸움에서 이기는 쪽은 진 쪽의 남자는 죽여 버리고 여자의 경우는 겁탈한다. 이와 마찬가지로 남자요괴인 경우에는 삼장을 죽여서 그의 고기를 먹으면 장수한다는 소문 때문에 삼장을 죽이려고 한다. 이런 대표적인 경우로는 평정산(平頂山)(자료8), 홍해아(紅孩兒)(자료10), 진가행자(眞假行者)(자료16), 사타산(獅駝山)(자료24)을 들 수 있다. 여자요괴인 경우는 삼장과 동침하면 태을상선(太乙上仙)이 된다는 소문을 듣고 그를 기다리는데, 이런 대표적인 예는 무저동(無底洞)(자료26), 천축국(天竺國)(자료30)이 있다. 그리고 삼장의 고기보다는 손오공이 여행하면서 요괴들을 징벌한다는 소식을 듣고 그의 도착을 두려워하면서 기다린 경우가 있는데 이런 경우로는 금광사(金光寺)(자료18)가 있다.

〈 삼장을 먹으려는 요괴 〉

사타산(獅駝山)(자료24)의 경우 주인공 일행이 사타령이라는 고개를 넘어갈 때 태백금성(太白金星)이 먼저 나타나 이곳에는 능력이 대단한 요괴가 산다고 미리 일러주었다. 그래서 손오공이 잠입해서 상황을 살펴보니 이 고개에 사는 세 요괴는 삼장이 경을 구하려고 여기를 지난다는 사실을 알고서 일행을 기다리고 있었다. 그런데 이 세 마리의 요괴는 첫째가 청사자이며 둘째가 흰코끼리인데 이 두 명은 원래부터 사타령에 살고 있었다. 그리고 나머지 한 마리인 대붕금시조(大鵬金翅雕)는 여기에서 500여리 떨어진 곳에서 이들과는 별도로 살고 있었는데 주인공 일행의 여행소식을 듣고 잡아먹을 욕심으로 사타령의 두 요괴에게 와 있었다. 그리고 두 요괴를 형으로 모시고 수발을 들고 있었다. 의도적으로 공격을 준비한 대표적인 유형이라고 할 수 있다.

〈 삼장과의 동침을 원하는 요괴 〉

천축국(天竺國)(자료30)의 경우 주인공 일행이 천축국 급고원(給孤園)에 갔을 때 그곳의 가짜공주는 진짜공주를 납치해서 광야에 버려두고 자신이 그 공주로 변해 있었다. 그리고 삼장의 소문을 듣고 그와 결혼할 계획을 세우고, 주인공 일행이 공주의 거처를 지날 무렵을 택해서 삼장을 부마로 맞이하려고 공을 던졌다. 이래서 삼장은 가짜공주와 성대한 결혼식을 올릴 뻔 했다.

여기에서 요괴의 변신인 가짜 공주는 삼장과의 결혼을 위해 미리부터 준비를 하고 있었다.

〈 주인공 일행의 도착을 두려워하는 요괴 〉

금광사(金光寺)(자료18)에서 보면 만성용왕(萬聖龍王)에게는 꽃다운
용모를 지닌 공주가 하나 있는데, 그녀가 결혼할 때가 되자 왕은 고심하
면서 구두부마(九頭駙馬)를 맞는다. 그런데 구두부마는 법력은 뛰어나
지만 성질이 포악해서 제새국(祭賽國)의 보탑(寶塔)에 혈우(血雨)를 내
리고, 이런 비가 내리게 된 죄를 그 지방 승려들에게 뒤집어 씌워놓고
있었다. 이 때 삼장 일행이 잘못을 저지른 요괴들을 벌한다는 소문을
듣고 미리 제새국에 부하 요괴를 파견해서, 일행의 도착여부를 알아보
고 있는 중이었다. 만성용왕은 의도적으로 주인공 일행을 기다리고 있
었다.

3-2. 요괴들이 우연히 공격하는 경우

요괴들이 우연히 일행을 공격을 하는 경우는 크게 세 가지로 구분
할 수 있다. 첫째는 요괴가 산적처럼 고개에서 길손을 기다리다가 주
인공 일행을 만나게 되는 경우이며 이런 대표적인 예는 오공귀정(悟空
歸正)(자료1), 황풍령(黃風嶺)(자료3), 삼타백골정(三打白骨精)(자료
6), 형극령(荊棘嶺)(자료19)을 들 수 있다. 둘째는 요괴가 보탑이나
집 같은 장소에 있는데 우연히 주인공 일행이 지나가다가 들리는 경우로
그런 경우는 보상국(寶象國)(자료7), 금두동(金兜洞)(자료14)이 있
다. 그리고 삼장이 지나가는 모습을 우연히 보고 그를 납치하는 경우는
반사동(盤絲洞)(자료23), 청룡산(靑龍山)(자료29)이 있다.

〈 산적질 하는 요괴 〉

황풍령(黃風嶺)(자료3)에서는 일행이 여기를 지나갈 때 황풍령의 대
장요괴인 황풍괴(黃風怪)가 직접 나타나는 것이 아니라 부하요괴인 호
랑이가 먼저 나타나서 싸움을 건다. 이 때 팔계는 즉시 쫓아가는데 호랑
이요괴는 일어나서 자신의 발톱으로 자신의 껍질을 찢어 벗어던지며
이른바 '금선탈각법(金蟬脫殼法)'을 쓴다. 이것으로 호랑이요괴는 자신
의 위세를 과시했지만 손오공까지 합세해서 공격을 하자 광풍으로 변해
삼장을 납치해 달아난다. 이처럼 황풍령에 사는 요괴들은 산적처럼 지
나가는 길손을 약탈하면서 살고 있었는데 주인공 일행이 우연히 이 길
을 지나가게 된다.

〈 보탑에 있는 요괴 〉

보상국(寶象國)(자료7)에서는 손오공이 인명을 살상한 죄 때문에 두
번째로 낙향한 상태였다. 그래서 손오공을 제외한 나머지 일행은 백호
령(白虎嶺)을 지나게 된다. 이 때 삼장은 날이 저물고 배가 고프다면서
밥 투정을 한다. 손오공을 낙향시키는 데 큰 공헌을 한 팔계는 스스로
책임감을 느끼고 밥을 구하러 갔으나 근처에는 인가가 하나도 보이지
않았다. 팔계는 이럴 때 금방 돌아가면 자신이 노력을 안했다고 구박을
받을 것 같아서 풀밭에 누워 잠을 자버린다. 그런데 아무리 기다려도
팔계가 오지 않자 삼장은 또 사승에게 팔계를 찾아보라고 시키고 자신
도 걱정이 되어서 짐과 말을 정리해 두고 제자들을 마중하러 슬슬 걸어
가는데 우연히 보탑을 하나 보게 된다. 신심이 깊은 삼장은 보탑 근처에
사원이 있으리라 믿고서 탑 가까이에 가게 되는데 보탑에는 문이 있었
고 들어가 보니 요괴 한마리가 코를 골면서 자고 있었다. 삼장은 놀라
나오려고 했지만 이 잠자던 요괴는 즉시 인간냄새를 맡고 잠이 깨어나
그를 잡는다. 이와 같은 경우는 우연히 요괴가 삼장을 잡은 경우이다.

〈 납치하는 요괴 〉

청룡산(靑龍山)(자료29)에서 주인공 일행이 천축국(天竺國) 외군(外郡)에 있는 금평부(金平府)에 이르렀을 때 사건은 일어난다. 아직 여래가 사는 영산(靈山)까지는 2000여리 남았는데 그 무렵이 대보름이었다. 주인공 일행은 그 지방에 있는 자운사(慈雲寺)에 하룻밤 묵어가려고 하였다. 그런데 마침 그 절의 스님들이 대보름 구경을 위해 2, 3일간 쉬어가라고 권하기에 삼장은 그 말을 따른다. 그런데 그 대보름 밤에 근처에 있는 청룡산 현영동(玄英洞)에 사는 벽한(辟寒), 벽서(辟署), 벽진(辟塵)이라는 요괴들이 금평부에 있는 기름을 가져가려고 들렀다가 삼장에게 서기(瑞氣)가 있는 것을 보고 그를 납치한다. 이것도 또한 요괴들이 주인공 일행을 기다린 것이 아니라 우연히 그들을 만나게 된 것이다.

3-3. 주인공 일행이 일부러 공격하는 경우

주인공 일행이 언제나 요괴들에게 공격을 당하는 것이 아니라, 때로는 여행하는 도중에 요괴들의 악행을 전해 듣고 그들의 죄를 징벌하는 경우도 있다.

이처럼 주인공 일행이 의도적으로 공격을 하는 경우는 세 가지로 구분이 되는데, 첫째는 여행 도중에 들린 나라의 국왕이 요괴로부터 고통을 당하는 상태일 때 그를 돕는 경우로 이런 경우는 오계국(烏鷄國)(자료9), 주자국(朱紫國)(자료22)을 들 수 있다. 둘째는 승려들이 요괴들에게 박해를 당하는 경우인데 주인공 일행은 이때에 승려들을 구해주려고 요괴에게 덤빈다. 이런 경우는 차지국(車遲國)(자료12)에서 볼 수 있으며, 셋째는 요괴들이 죄없는 인간을 잡아 먹는 경우이며, 이때 주인공 일행이 나서서 그런 요괴들을 벌한다. 이런 경우는 통천하(通天下)(자료13), 타라장(駝羅莊)(자료21), 비구국(比丘國)(자료25)이 있다.

〈 국왕의 고통 〉

오계국(烏鷄國)(자료9)에서 주인공 일행은 보림사(寶林寺)에 하루 신세를 지게 된다. 저녁때에 이르러 삼장이 혼자서 경을 읽고 있었는데 이때에 근처에 있는 오계국왕이 유령(幽靈)의 모습으로 나타나서 자신의 억울한 사정을 말하면서 도와달라고 하였다. 사정을 알고 보니 오년 전 쯤에 큰 가뭄이 들어서 자신은 이 가뭄을 해결하려고 팔방으로 고심했는데 홀연히 종남산(鍾南山)에서 온 진인(眞人)이 나타나서 큰 비를 내리게 해서 나라를 구했다. 이때 왕은 그 진인의 능력에 감사하며 그를 인척처럼 가까이 했다. 이렇게 2년 정도 흐른 어느날 둘이 꽃을 감상하는 도중에 진인이 어찌된 일인지 왕을 정원의 우물 속으로 밀어 넣어서 죽게 했으며, 죽어서 원혼이 되어 있는 오계국왕을 불쌍히 여긴 이 우물의 야유신(夜游神)이 삼장을 비롯한 주인공 일행이 이 지역을 지나갈 때 잘 부탁하면 원한을 풀 수 있을 것이라고 하였다. 이에 삼장에게 매달리면서 진실을 사람들이 알 수 있도록 도와 달라고 간청을 했다. 이 말을 들은 삼장은 그를 동정해서 손오공에게 사건 해결을 부탁하게 되고 손오공은 오계국 궁정에 가게 된다. 여기서의 공격 대상은 요괴는 아니지만 실질적으로 요괴역할을 하는 사악한 진인이다.

〈 승려들에 대한 박해 〉

차지국(車遲國)(자료12)에서는 주인공 일행이 차지국 근처에 왔을 때

성문 밖에서 무수한 승려들이 '대력왕보살(大力王菩薩)'을 외치면서 노동을 하고 있었다. 손오공이 변장해 그들 틈에 들어가서 사정을 알아보니 20년 전에 큰 가뭄이 들었을 때 호력(虎力), 녹력(鹿力), 양력(羊力)이라는 세 명의 신선이 나타났다. 이들은 비를 내리게 했으며 나라를 재난에서 구해줬기 때문에, 나라 안의 모든 대신들이 그들을 존경했다. 그런데 이 신선들은 승려들을 업신여기면서 점차로 노예처럼 부려먹더니 나중에는 노역마저 시키게 되었다는 것이다. 그리고 2000여명이나 되는 승려들이 노역과 나쁜 음식 때문에 700여명이 죽고 자살한 이도 800여명이며 남은 500여명도 죽을 생각을 품고 있었다. 그런데 이즈음 이렇게 고생하고 있는 승려들의 꿈에 천신이 나타나 조금만 참으면 동토(東土)로 경(經)을 구하러 가는 무리들이 너희들을 구해 줄 것이라고 예언했다고 한다. 이 말을 들은 손오공은 사명감을 느끼고 이들을 구하기로 마음 먹는다.

〈 식인요괴 〉

주인공 일행이 비구국(比丘國)(자료25)에 도착했을 때의 일이다. 그 나라에서 이상한 점은 집집마다 집 앞에 거위채롱을 걸어 둔 것이다. 손오공이 이상해서 안을 살펴보니 5세에서 7세 되는 사내아이들이 갇혀 있었다. 이것을 보고 몹시 흥미를 느낀 일행은 그곳 여관에서 사정을 묻게 된다. 여관주인이 설명하기를 3년 전에 도사가 하나 나타나서 임금에게 여자를 하나 상납했는데 이 여자는 미모가 출중해서 왕은 여자에게 넋이 나가게 되고 결국에는 색병(色病)에 걸리고 말았는데 이 도사는 국왕을 위해 약을 짓는다면서 그 약재의 하나로 1111명 사내아이의 심(心)과 간(肝)이 필요하다고 했다. 그래서 왕은 백성들에게 명령을 내려 집집마다 사내아이를 채롱 속에서 기르라고 했다고 말한다. 이 이야기를 들은 손오공은 이 도사가 요괴임을 알아채고 싸움을 건다.

3-4. 주인공 일행이 우연히 공격하는 경우

손오공 일행이 요괴들에게 덤벼드는 것이 **여행자체의 필요에 의해** 서인 경우는 화염산(火焰山)(자료17)과 연환동(連環洞)(자료27)을 들 수 있다.

삼장 일행이 화염산(火焰山)(자료17)을 지나기 위해서는 파초선 (芭蕉扇)이 있어야만 한다. 그래서 손오공은 처음에 정중히 신선으로 존경을 받고 있는 나찰녀에게 부채를 달라고 요구한다. 그런데 나찰녀로서는 굳이 부채를 내 주어야 할 이유도 없고, 또 자기의 자식인 홍해아가 삼장 일행 때문에 어려움에 처한 일도 있어서 이 요구를 거절한다. 거절당한 손오공은 곧 싸움을 걸게 된다.

일행이 연환동(連環洞)(자료27)을 지날 때, 손오공이 먼저 나서서 순찰을 해본다. 과연 요괴와 부하들이 산에서 무예를 닦고 있었다. 손오공은 팔계에게 감언이설을 늘어놓아서 팔계가 먼저 요괴에게 싸움을 걸도록 시킨다.

4. 요괴들을 어떻게 물리치는가?

여기서는 주인공 역할의 문제로서 요괴들의 법력에 대해 삼장 일행이 어떻게 대처해서, 그 상황을 해결하는가를 중심으로 다루려고 한다. 요괴의 법력에 맞서 싸우는 주인공은 손오공과 팔계, 사승 그리고 용마라고 할 수 있다. 여기에서 삼장의 역할은 요괴들과 싸우는 것이 아니라, 요괴들이 싸움을 거는 동기를 만들어 주고 있다. 그러므로 그는 요괴와 직접 대결하는 싸움 당사자는 아니다. 이런 점을 중심으로 대처양상을 네 개로 나누어 볼 수 있다. 첫번째는 네 제자가 요괴들과 맞서서 직접 사건을 해결하는 경우가 있다. 이 경우에는 제자들과 요괴의 실력이 비슷하거나 제자들이 우월한 경우라고 할 수 있다. 그리고 둘째, 셋째, 넷째는 제자들이 자신들의 실력으로는 요괴들을 물리칠 수 없는 경우이다. 즉 원조자가 출현하는 경우라고 할 수 있는데 이 원조자의 유형은 종교적인 측면에서 두가지로 크게 나누어 볼 수 있다. 하나는 불교적 존재들로부터의 도움이고 다른 하나는 도교적 존재로부터의 도움이다. 불교적 존재들과 도교적 존재들은 다른 공간 속에서 자신들만의 독특한 계보를 형성하고 있는데 이들 두 집단이 접촉하는 경우는 거의 드물다. 그러나 예외적으로 두 집단의 존재들이 주인공들의 어려움을 보고 둘 다 나타나는 경우가 가끔 있는데 이런 특이한 경우는 따로 정리하겠다.

4-1. 제자들의 활약을 통해

삼장의 제자들 중에서 가장 맹활약을 하는 제자는 손오공이며 그의 능력에 의해 거의 대부분의 사건이 해결된다. 이러한 제자들의 활약 양상은 대체로 다음과 같이 세 가지로 나눌 수 있다. 첫째는 제자들이 크게 힘을 쓰지 않고 저절로 해결이 되는 경우로 이러한 경우는 선불점화(仙佛占化)(자료4)와 형극령(荊棘嶺)(자료19)에서 볼 수 있고, 둘째로 손오공과 나머지 제자들이 함께 활약하는 경우는 보상국(寶象國)(자료7)과 주자국(朱紫國)(자료22)이 있다. 그리고 손오공의 실력으로 사건을 해결하는 경우는 평정산(平頂山)(자료8)과 연환동(連環洞)(자료27)이 있다.

〈 저절로 해결되는 경우 〉

선불점화(仙佛占化)(자료4)에서 주인공 일행은 여자와 재산의 유혹을 받는다. 호젓한 집에 과부인 부인과 예쁜 세 딸이 각각 배필을 구하고 있었으며 이 여자의 집은 재산이 넉넉하였다. 평범한 사람에게 있어서는 아주 좋은 결혼 조건이라고 할 수 있다. 그러나 손오공은 자신의 법력으로 이것이 관세음보살의 시험이라는 것을 눈치 챈다. 보살은 삼장 일행이 정말로 험한 여행길을 제대로 갈 수 있는가를 여행 초기에 시험해 보는 것이었다. 그런데 일행 중의 삼장과 사승은 여자에 대해서 관심이 없어서 별 문제가 없었으나 문제는 색을 탐하는 팔계이다.

팔계는 일행이 모두 잠든 이후에 몰래 여자들의 거처로 들어간다. 그리고 세 딸을 다 자신에게 달라고 하는데 과부는 세 벌의 옷을 내주면서 가장 잘 맞는 옷의 임자를 주겠다고 조건을 내민다. 이때 팔계는 즉시 옷을 입는데 옷을 입자마자 이 옷이 조여오기 시작해서 밤새 고통을 받아야만 했다. 다음날 아침에 일어나 보니 그 호젓한 집은 사라져 버렸고 팔계만 옷에 죄여 고통을 당하고 있었다. 이 광경을 본 나머지 일행의 도움으로 팔계는 겨우 고통에서 벗어나게 된다. 이 경우는 다른 존재의 도움 없이 사건이 해결된 경우이다.

형극령(荊棘嶺)(자료19)에서는 나무정령들이 나오는데 이들은 삼장을 잡아두고 앵두나무 정령과의 결혼을 강요한다. 특히 단풍나무의 정령인 귀사(鬼使)는 삼장이 자신은 승려이기 때문에 결혼할 수 없다고 하자 모자랄 것 없는 앵두나무아가씨를 두고 왠 말이냐며 만약 말을 안 들으면 평생 불구로 만들어 버리겠노라고 으름짱을 놓는다. 삼장은 이런 위협에 눈물을 흘리며 제자들의 원조를 기다린다. 이런 와중에 새벽이 온다. 새벽이 오게 되자 나무들의 정령들은 각각의 원모습대로 돌아가게 되고 납치된 삼장을 찾아 헤매던 제자들은 삼장의 목소리를 듣는다. 이것은 우연히 사건이 해결된 것이라고 할 수 있다.

〈 손오공의 활약과 부분적 원조 〉

완자산(碗子山)의 황포괴(黃袍怪)와의 싸움에서 주인공 일행은 근처에 있는 보상국(寶象國)(자료7)의 공주와 천상 28수(宿)로부터 부분적인 도움을 받는다. 내용을 살펴보자면, 당시에 삼장은 요괴의 주문에 걸려서 호랑이로 변해있고 나머지 제자들도 부상당한 상태였다. 오직 손오공만이 활약하는데 그는 먼저 황포괴에게 억지로 시집와 있는 보상국 공주를 안전한 곳으로 피신시키고 그 공주의 모습으로 변해서 황포괴에게 접근한다. 그리고 손오공은 황포괴의 보물이라고 할 수 있는 단약(丹藥)을 빼앗아 먹어버리고 본상으로 돌아와서 싸움을 시작하는데, 황포괴는 자신의 힘이 달리자 어딘가로 도망가 버렸다. 이런 상황에서 손오공은 아무리 근처를 찾아 다녀도 요괴를 찾을 길이 없자, 이 요괴는 분명히 하늘에서 내려왔다고 결론짓고 남천문(南天門)으로 간다. 그리고 거기에서 천신들의 도움으로 황포괴였던 규성(奎星)을 발견한다. 보상국에서 일어난 사건해결에서 손오공의 활약이 가장 큰 비중을 차지하고 있지만, 부분적으로는 원조자인 천신의 도움도 큰 역할을 한다.

주자국(朱紫國)(자료22)의 해치동(獬豸洞)에 사는 새태세(賽太歲)는 굴 입구에서부터 연기와 모래를 피어오르게 할 정도로 능력이 대단한 요괴이다. 이에 손오공은 상황을 정탐하기 위해 변신술로 굴 속에 숨어 들어가 요괴의 아내인 금성왕후(金星王后)를 만난다. 금성왕후는 요괴에게 잡혀와 있는 처지였으며 원래 남편인 주자국의 국왕을 잊지 못하고 있었다. 손오공은 금성왕후의 심정을 알고 그녀 앞에 본상을 보이며 그녀와 함께 요괴의 보물인 3개의 방울을 훔치기로 한다. 이 3개의 방울이 바로 불을 내고 연기를 날리게 하는데 요괴는 항상 몸에 간직하고 다니기 때문에 이 방울을 손에 넣는 것이 급선무였다. 그래서 왕후는 속임수를 쓰게 되는데 요괴는 금성왕후를 아끼기 때문에 왕후의 말을 그대로 믿어 속임수에 넘어간다. 왕후는 요괴의 방울을 받아 손오공에게 몰래 넘기고, 손오공은 동굴 밖으로 나온다. 그리고 저녁이 늦었는데도 불구하고 손오공은 요괴를 불러내서 싸움을 벌이는데 진짜 방울을 든 손오공이 질 이유가 없다. 결국 요괴를 잡게 된다.

〈 손오공의 활약 〉

평정산(平頂山)(자료8)에서 주인공 일행은 요괴인 금각, 은각대왕에게 잡혀있었고 오직 손오공만 겨우 도망쳐 나올 수 있었다. 그리고 본격적인 구조활동을 한다. 우선 대왕요괴의 부하요괴인 영리충(怜悧蟲)과 정세귀(精細鬼)를 속여서 그들의 무기인 조롱박과 호리병을 손에 넣는다. 그리고 속임수를 써서 대왕들의 할머니에게서 황금승(黃金繩)을 얻고 동굴 내부로 들어가 싸우는데 황금승의 사용법을 제대로 몰라서 오히려 요괴에게 붙잡히고 만다. 다시 탈출해서 이번에는 호리병으로 은

각대왕과 겨루어 그를 호리병 안에 담게 된다. 이후 금각대왕에게 다시 도전하는데 손오공이 이미 그들의 진짜 무기를 훔친 상태이기 때문에 적수가 되지 못한다. 결국 금, 은각대왕을 모두 생포하면서 사건은 일단락 맺어진다. 여기에서는 손오공의 능력으로 해결이 가능했다.

연환동(連環洞)(자료27)에서 삼장은 요괴들의 분변매화계(分辨梅花計)에 속아서 잡혀있는 상태였고 나머지 제자들은 모두 무사했다. 그래서 제자들은 삼장을 찾아서 근방을 뒤지는데 뒤지는 도중에 그럴듯한 동굴을 하나 발견한다. 제자들은 동굴에 대고 삼장을 빨리 내놓으라고 하는데, 요괴는 이때에 꾀를 써서 버드나무를 깎아 인간 얼굴로 만든 후에 제자들에게 던져준다. 그리고 삼장은 자신들이 이미 먹어 치웠으며 머리만 남았다고 한다. 이 말을 들은 팔계와 사승은 버드나무 둥치를 안고 울지만 손오공만은 가짜 해골임을 알아본다. 그리고 다시 요괴들에게 싸움을 거는데, 요괴들은 이번에는 진짜 시체의 머리칼을 깨끗이 밀고 삼장의 머리라고 던져준다. 이번에는 제자들도 모두 사실로 믿고 울면서 그 머리를 양지바른 곳에 묻는다. 그리고 손오공은 여기서 끝낼 문제가 아니라고 생각해 원수를 갚아야 하겠다며 동굴로 잠입하는데, 여기에서 그는 삼장이 살아 있다는 것을 발견한다. 손오공은 동굴에서 삼장을 구해내고 잠에 빠져 있는 요괴를 동굴 밖으로 떼매고 나와서 죽이는데 그것은 표범의 정령이었다. 여기에서도 손오공의 힘으로 사건을 매듭짓는다.

4-2. 불교계통의 원조자들

외부적 도움은 주인공 일행들이 요괴들과 만나게 되었을 때, 요괴들의 능력이 탁월해서 자신들의 능력으로는 더 이상 버티어 낼 수 없는 경우 나타나는 양상이다. 원조자 유형에서 불교적 존재가 가장 많은 도움을 준다. 그 중에서도 관세음보살이나 여래가 등장하는 경우가 가장 많고, 영길보살(靈吉菩薩)이나 미륵보살(彌勒菩薩)이 나타나는 경우도 있다.

〈 관세음보살의 도움 〉

흑풍산(黑風山)(자료2)의 요괴인 흑웅정(黑熊精)의 목표는 삼장의 몸이 아니라 삼장의 금란가사(金蘭袈裟)였기에 그는 손오공과 싸울 생각이 없었다. 그래서 흑풍괴는 계속 싸움을 피하며 숨어 버린다. 손오공이 아무리 흑풍괴의 종적을 찾으나 찾을 길이 없어서, 결국 관세음보살에게 도움을 요청한다. 관세음보살은 손오공의 설명을 듣고 함께 요괴를 찾아 나선다. 우선 보살은 흑풍괴의 친구로 변하고 손오공은 환약으로 변해서 흑풍동에 가서 몸에 좋은 영약이라며 흑풍괴에게 손오공이 변한 약을 권한다. 흑풍괴는 이 약을 먹게 되고 손오공은 요괴의 뱃속에서 소동을 부리자 결국 요괴는 항복한다.

인삼과(人蔘果)(자료5)에서 문제는 뿌리가 이미 뽑힌 인삼과를 과연 살려 낼 수 있느냐 여부였다. 인삼과를 살려 놓는다면 진원자(鎭元子)와 손오공은 형제사이가 될 수 있으나, 살려 놓을 수 없으면 사로잡혀 있는 일행이 제대로 풀려나올 수 없게 되었다. 이제 인삼과의 회복약을 찾아 손오공은 동양대해(東洋大海) 봉래산(蓬萊山)으로, 방장산(方丈山)으로, 영주해도(瀛洲海島)의 신선들에게 찾아간다. 그리고 나무를 살려낼 수 있는 약을 구하나 모두들 쉽지 않은 일이라며 고개를 젓는다. 선계에서는 해결책을 찾지 못하고 마지막으로 찾아간 곳이 남해 낙가산(落伽山)의 관세음보살이며 여기에서 감로수를 얻게 된다. 이 감로수를 써서 인삼과를 다시 살려 놓게 되었고 진원자와 손오공은 결의형제가 된다.

홍해아(자료10)와의 대결에서 홍해아가 일으키는 불은 평범한 불이 아니라 삼매진화(三昧眞火)라는 특수한 불이었다. 때문에 보통의 물로 는 이 불을 끌 수 없었다. 손오공으로서는 요괴의 삼매진화를 제어할 수 없는 것이다. 그래서 손오공조차도 홍해아의 삼매진화 때문에 부상 을 입게 되고, 팔계 또한 요괴의 변신술에 속아서 사로잡히게 되었는데 이때 도움을 주게 되는 이는 관세음보살이다. 보살은 이 요괴가 무례하 게 자신의 모습으로까지 변신했음을 알고는 화를 내면서, 선재용녀(善 財龍女)에게 연화대(蓮花臺)를 부탁해 준비한 후에 그 위에 요괴를 유인 해 앉힌다. 이렇게 되자, 순식간에 연화대는 무기가 되어 홍해아의 다리 를 자르고 되고 이로 인해 그를 굴복시킨다.

통천하(자료13)에서 손오공은 수궁에 잡힌 삼장을 구하려고 요괴를 계속 유인하지만, 영감대왕(靈感大王)은 손오공의 명성을 알고 있기 때 문에 꼼짝도 안하고 있다. 이 때 손오공은 남해 관세음보살을 찾아간다. 그리고 전후사정을 설명하자 보살은 그것이 자신의 연못에서 놀던 금빛 고기였음을 알게 된다. 관세음보살은 이 요괴에 대해서 책임감을 느끼 고 손오공과 함께 영감대왕이 사는 통천하에 간다. 거기에서 자신이 가 지고 간 대바구니를 물 속 깊숙이 담그고 주문을 외워서 요괴를 잡아 올린다.

〈 여래(如來)가 도움을 주는 경우 〉

손오공은 화과산에 갔을 때 자신과 똑같은 가짜 손오공(眞假行者-자 료16)를 발견하고 일대 격전을 벌인다. 그러나 실력이 비슷해서인지 승 부가 나지 않는다. 이제 손오공은 해결책을 찾아서 여러 가지를 시도하 게 된다. 첫번째로 두 명의 손오공은 바다로 날아가 남해 관세음보살을 찾아가서 그의 주문으로 진짜를 판가름하려고 했지만, 두 명의 손오공 은 주문에 똑같이 고통을 받는 듯해서 이 방법은 실패한다. 둘째로 두

명의 손오공은 상계에 올라가 대뇨천궁(大鬧天宮)시절 손오공에게 수모를 당했던 여러 신장들에게 진가(眞假)를 따져보고 옥제(玉帝)의 조요경(照妖鏡)까지 비췄으나 판단해 낼 도리가 없다. 셋째로 삼장과의 대면에서 역시 주문을 암송했지만 남해 관세음보살의 주문으로도 통하지 않던 주문이 통할 리가 없었다. 넷째로 염라세계(閻羅世界)로 가서 가행자(假行者)의 출신을 알려고 했으나, 손오공이 삼장을 만나기 전에 저승에서 일으켰던 난동으로 말미암아 원숭이족의 명호는 엉망이 된 상황이었다. 두 명의 똑같은 손오공은 하늘과 땅을 온통 돌아다니며 여러 존재들의 도움을 빌어서 진짜냐 가짜냐의 여부를 가리려고 했지만 쉽지 않은 일이었다. 이처럼 손오공이 가행자로 인해 진퇴양난에 빠졌을 때에 마지막으로 찾아간 곳이 영취산(靈鷲山)의 여래이다. 여래는 두명의 똑같은 손오공을 보자마자 진짜가 누구인지를 알아본다. 그리고 가짜 손오공이 나타날 수밖에 없는 이유를 설명한다. 이것을 듣게 된 가짜 손오공인 육이미후는 도망치려 하지만 여래가 던진 금발우에 잡히고, 화가 난 손오공의 여의봉에 맞아 죽는다.

사타산(獅駝山)(자료24)에 사는 요괴들인 사자대왕, 코끼리대왕, 그리고 대붕대왕(大鵬大王)은 주인공 일행이 나타나자 그들과 대결하게 된다. 이 대결에서 사자대왕과 코끼리대왕은 손오공의 능력으로 사로잡을 수 있었다. 그러나 대붕대왕의 '조호이산(調虎離山)'이라는 술책에는 일행이 모두 속아서 사로 잡히고 만다. 이때에도 손오공만은 탈출해서 여래를 찾아간다. 여래에게 가서 왜 동토에 경을 손쉽게 전해주지 않고 이런 고생을 시키냐고 따지며 그에게 지금의 사정을 설명한다. 설명을 들은 여래는 손오공의 고충을 이해한다고 하면서 요괴들의 내력을 설명해준다. 즉 첫째, 둘째대왕은 문수(文殊)와 보현보살(普賢菩薩)이 데리고 있는 청사자와 백코끼리이며, 세째는 대붕금시조(大鵬金翅雕)라는 설명이었다. 그리고 각각의 주인과 여래가 직접 나서서 요괴들을 항복시킨다.

〈 영길보살(靈吉菩薩)의 도움 〉

황풍령(黃風嶺)(자료3)에서 위기는 황풍괴(黃風怪)가 '삼매신풍(三昧神風)'을 불어서 손오공의 눈에 타격을 가한 데서 발생한다. 이때 삼장을 보이지 않게 호위하던 호법가람(護法伽藍)과 육정육갑(六丁六甲) 등이 손오공을 위해서 집을 만들고 그를 쉬게 하면서 눈을 치료해 준다. 이에 다시 기운을 차린 손오공은 황풍괴의 동굴로 찾아간다. 여기에서 손오공은 황풍괴와 그의 부하의 대화 속에서 영길보살(靈吉菩薩)이 요괴의 치명적인 약점을 알고 있다는 것을 듣고서 영길보살에게 달려간다. 이 때 영길보살은 이미 여래로부터 정풍단(定風丹)과 비룡보장(飛龍寶杖)을 받아서 손오공을 기다리고 있었다. 곧 영길보살과 손오공은 함께 황풍괴를 만나 정풍단으로 바람을 무력화시키고 비룡보장으로 일행을 구한다.

〈 미륵보살의 도움 〉

손오공은 소뇌음사(小雷音寺)(자료20)에 나오는 소서천(小西天)이라는 곳에 사는 황미노불(黃尾老佛)와 대결하게 된다. 그런데 이 황미노불의 실력은 손오공과 막상막하지만 그는 괴상한 무기를 가지고 있어서 손오공이 당해 낼 수 없었다. 그 무기는 금바라였다. 황미노불은 자신이 가진 금바라를 손오공에게 사용하자 손오공은 별 수 없이 갇히게 된다. 이때 옥황상제(玉皇上帝)가 파견한 28성수(星宿) 덕분에 빠져나올 수 있었으나, 노불이 가진 또 하나의 무기인 무명보자기에는 속수무책이다. 이에 손오공은 무당산(武當山)의 탕마천존(蕩魔天尊)을 찾아가고, 국사왕보살(國師王菩薩)을 찾아가지만, 역시 그 보자기에 당할 재간이 없다. 손오공은 진퇴양난에 빠져서 비탄에 잠길 수밖에 없었다. 이때에 요청하지도 않은 미륵보살(彌勒菩薩)이 나타나서 황미노불은 미륵보살 곁에서 경(磬)을 치던 황미동자(黃尾童子)라고 요괴의 근원을 알려준다. 손오공은 미륵보살에게 왜 부하를 제대로 간수를 못했냐고 따지자 미륵보살은 변명으로 당승 일행의 마장(魔障)이 미완성인 상태라서 백령(百靈)이 하계(下界)로 내려와서 요괴로 활동하고 있다고 말한다. 그리고 미륵보살과 손오공은 함께 나머지 일행을 구하러 간다. 손오공이 직접 나서서 요괴를 미륵보살이 있는 참외밭으로 유인하고, 유인한 후 손오공은 즉시 참외로 변한다. 그리고 참외주인으로 변한 미륵보살이 참외로 변한 손오공을 요괴에게 건네주자 요괴는 그것을 먹게 되고 손오공은 요괴의 뱃속에서 난리를 부려 그의 항복을 받아낸다.

4-3. 도교계통 원조자들

외부적 도움 중의 두번째는 도교집단에서 오는 것으로 이들 집단에서 도움을 주는 경우는 수적인 면에서는 불교집단보다는 적지만 도교집단 내에서 등장하는 각 인물들의 등장 인물 수나 양상은 훨씬 다양하다. 불교집단에서는 관세음보살과 여래가 주요한 원조자로 등장함에 비해서 도교집단에서는 한번 나온 원조자가 다시 나오는 경우는 드물다.

〈 태상노군(太上老君)의 도움 〉

오계국(烏鷄國)(자료9)에서는 손오공 일행이 현재의 왕이 진짜왕이 아닌 요괴가 변신한 가짜왕이라고 아무리 주장해도 궁중사람들은 이 말을 믿지 않았다. 그래서 손오공은 팔계를 꾀어 왕의 시체를 찾아 놓았지만, 이미 죽은 목숨이기 때문에 태상노군에게서 혼(魂)을 돌아오게 하는 약을 받아와야만 했다. 이때 하늘에 있는 태상노군은 손오공의 요청에 응답을 한다. 손오공은 그로부터 혼이 돌아오는 약을 받아서 진짜

왕을 소생시켜 놓아 사건은 일단락지어진다. 이번 사건에서 도움을 준 이는 태상노군이었다.

〈 매산육형제(梅山六兄弟)의 도움 〉

금광사(金光寺)(자료18)에서 용왕은 주인공 일행에게는 크게 피해를 입힐 마음이 없었다. 이때에 주인공 일행에게 진짜 장애가 되는 것은 머리가 여럿 달린 용왕의 부하인 구두부마(九頭駙馬)이다. 그런데 우연의 일치로 이랑현성(二郎顯星)이 매산육형제(梅山六兄弟)와 함께 사냥을 목적으로 자신이 기르는 매와 개를 데리고 근처에 있었다. 우연한 원조자의 출현으로 구두부마와의 전투는 간단히 끝난다. 즉 손오공은 전에 이들 매산육형제와 알고 지내던 사이였기 때문에 그들에게 간곡히 부탁을 한다. 형제들은 그의 부탁을 받아들여서 구두부마가 머리를 꺼내는 순간 사냥개들에게 달려들게 하고 사냥개들이 구두부마의 머리를 먹어치움으로써 싸움은 일단락된다.

〈 이천왕(李天王)과 나타태자(哪咤太子)의 도움 〉

무저동(無底洞)(자료26)에서 손오공은 여괴(女怪)의 뱃속으로 들어가 거기에서 소동을 부려서 여괴의 항복을 받아 낸다. 그러나 여괴는 손오공이 뱃속에서 나오고 자신이 자유로와지자 다시 마음이 변해서 손오공에게 덤벼든다. 그러나 싸움에서는 손오공을 당해 낼 수 없게 된다. 이에 여괴는 삼장을 납치해서 동굴로 들어가 그 안에 있는 여러 개의 구멍 가운데 하나를 골라 숨어 버린다. 동굴의 구멍이 여러 개이므로 손오공은 이 구멍 저 구멍을 돌아다니며 삼장을 찾아서 헤메고 있는데, 요괴가 떠난 동굴에서 손오공은 '아버지 이천왕(李天王), 오빠 나타태자(哪咤太子)'라는 신위가 모셔진 것을 보고 여기에서 힌트를 얻어 바로 천상으로 올라간다. 손오공이 천상으로 올라갔을 때 천상의 이천왕은 대뇨천궁(大鬧天宮)시절에 손오공에게 골탕먹었던 일을 기억하고서 손오공을 박대한다. 그러나 그의 아들인 나타태자가 나서서 여괴와 자신들과의 관계를 설명해 준다. 그 여괴는 300년전에 영취산(靈鷲山)에서 여래의 소유물인 꽃과 촛대를 훔쳤기 때문에, 천왕과 태자 자신이 잡아서 죽이려고 했다. 그런데 여래가 자비심으로 살려둔 것이라고 하였다. 이렇게 해서 겨우 목숨을 부지하게 된 여괴는 자신이 살아난 사실에 감사하며 천왕과 태자에게 향화(香火)를 올리게 되었다고 하였다. 이런 설명을 바탕으로 해서 손오공은 그 여괴의 정체를 알게 되어 문제 해결에 한 발 다가선다. 그리고 이천왕과 나타태자가 도움을 주게 되어서 이들의 힘을 빌어 여괴를 잡는다.

〈 태을구고천존(太乙救苦天尊)의 도움 〉

옥화성(玉華城)(자료28)에서 주인공 일행은 구령원성(九靈元聖)과 싸우게 된다. 그러나 손오공은 자신의 능력으로는 삼장을 구해낼 수가 없었다. 그래서 정보를 얻고자 그 땅에 사는 토지신(土地神)을 불러내어 요괴의 근원을 물어 보게 된다. 알고보니 이 요괴는 태을구고천존(太乙救苦天尊)이 타고 다니는 사자였다. 손오공은 즉시 태을구고천존에게 날아가서 사정을 설명하고 경위를 따진다. 태을구고천존도 의아해 하면서 사정을 알아보니 사자지기가 술을 마시고 조는 사이에 사자가 인간계로 도망쳐서 요괴가 된 것이었다. 이렇게 되자 태을구고천존은 도움을 자청해서 구령원성이 사는 죽절산(竹節山)에 가서 사자를 꾸짖어 항복시킨다.

〈 사목금성(四木禽星)의 도움 〉

청룡산(靑龍山)(자료29)에서 손오공이 만난 세 요괴인 벽한(辟寒), 벽서(辟暑), 벽진(辟塵)대왕의 법력은 손오공이 상대할 수 있는 수준이 아니었다. 그래서 손오공이 고심하고 있었는데 태백금성이 나타나 하늘의 별인 사목금성(四木禽星)이 이 요괴들과 대적할 수 있으리라고 귀띔해준다. 이런 단서를 가지고 손오공은 옥황상제에게 상주해서 각목교(角木蛟), 두목해(斗木獬), 규목랑(奎木狼), 정목교(井木蛟)의 네 명의 원군을 이끌고 요괴와 대결하게 된다. 이때 요괴는 원조자들의 힘을 이기지 못하고 쫓겨가게 되어서 서해로 도망가나 네 별과 손오공의 추격까지 받게 되자 어쩔 수 없이 항복하게 된다. 이제 짐승의 성질을 드러낸 네 별 중의 한 별인 정목교(井木蛟)는 벽한대왕의 목을 물어뜯어 먹어버리고 나머지 두 마리도 마저 죽인다.

4-4. 다방면에서 온 원조의 손길

도움의 양상이 다양한 것은 단일한 도움의 양상 보다는 소설의 내용을 더욱 다채롭게 한다.[123] 이러한 중첩적 도움으로 불가와 도가 쪽의 존재들이 번갈아 가며 등장하거나, 동시에 등장하는 경우를 살펴보자.

금두동(金兜洞)(자료14)에서는 여래가 힌트를 주고, 태상노군이 직접 도움을 주는 경우이며, 비파동(琵琶洞)(자료15)에서는 관세음보살이 구급책을 알려주며 묘일성관(昴日星官)이 직접 해결을 하게 된다. 두 사건에 있어서의 공통점은 불교쪽의 간접도움과 도교쪽의 직접도움이다.

• • • • • • • • • • • •

123) 도움의 양상이 다양한 것은 《서유기》라는 소설이 단기간에 만들어진 것이 아니라 적층문학(積層文學)적인 성격을 지님을 증명해준다. 왜냐하면 적층문학(積層文學)이라야 전혀 다른 계열의 신들이 이처럼 뒤섞여서 나올 수 있기 때문이다.

화염산(자료17)에서는 불교집단과 도교집단에서 동시에 원조자가 나타난다. 여래는 사대금강(四大金剛)을 파견하고 옥제는 탁탑이천왕(托塔二天王)과 나타태자(哪吒太子)를 보낸다. 전혀 계열이 다른 원조자들이 전체적인 조화에 아랑곳없이 모두 등장한다. 반사동(盤絲洞)(자료23)에서는 금두동(金兜洞)(자료14), 비파동(琵琶洞)(자료15)과는 다른 역전현상이 일어난다. 즉, 도가적인 여산노모(黎山老母)의 간접 도움과 비람파보살(毘藍婆菩薩)의 직접 도움이다.

〈 여래(如來)와 태상노군(太上老君) 〉

금두동(金兜洞)(자료14)에는 독각시대왕(獨角兕大王)과 손오공의 대결이 있게 된다. 손오공은 삼장이 시대왕(兕大王)에게 끌려간 것을 알고는 앞, 뒤 가리지 않고 덤볐지만 시대왕이 가진 둥근 테에 의해 손오공의 능력은 무력화되고 만다. 도저히 대항할 수 없음을 깨달은 손오공은 첫번째로 옥황상제에게 가서 도움을 청해 원조군으로서 이천왕과 나타태자 일행을 끌고 가서 싸웠지만 그 둥근 테 때문에 다시 무력화된다. 이번에는 화덕성군(火德星君)과 수덕성군(水德聖君)에게서 도움을 받아서 물과 불을 동원한다. 그러나 그들의 무기는 모두가 둥근 테 속으로 빨려들고 만다. 날이 저물어서 손오공은 메뚜기로 변해서 대왕의 처소로 들어간다. 그러나 조심성 많은 대왕은 자신의 무기를 다른 곳에 보관하지 않고 팔에 감고서 잠들어 있다. 손오공은 이것을 보고 대왕의 무기를 뺏을 별다른 방법이 없으므로, 대왕에게 빼앗긴 자신의 무기만을 들고 나온다. 당시에는 손오공에게 승산이 없었다. 즉 문제가 되는 것은 요괴 자체가 아니라 그가 가진 둥근테의 위력이다. 둥근테는 위력적이라서 손오공의 여의봉이나 팔계의 쇠스랑같은 것을 가리지 않고 흡수해 버린다.
이런 어려움에 직면해서 손오공이 찾아가는 곳은 여래의 처소이다. 손오공의 설명을 듣고 여래는 먼저 18나한(羅漢)들에게 명령해서 손오공을 돕도록 했으며, 이것도 안 될 경우에 도솔궁(兜率宮)의 태상노군을 찾아가면 된다고 충고를 해 준다. 이처럼 여래가 도와줌으로 위기상황은 큰 전환을 맞게 된다. 18나한이 나타나서 요괴와 맞섰으나, 그들의 법력도 둥근테에 의해 무력화 되었기 때문에 손오공은 다시 도솔궁(兜率宮)에 올라가서 태상노군을 찾는다. 그리고 태상노군에게 지금까지의 상황을 설명하는데 태상노군은 그럴리가 없다며 의아해한다. 그러나 손오공을 안심시키기 위해 도솔궁을 샅샅이 뒤져보니, 바로 태상노군이 기르던 청우(靑牛)가 하계가 그리워서 도망쳤다는 것을 발견한다. 그리고 이 청우는 태상노군의 보물인 금강탁(金剛琢)까지 몰래 훔쳐서 하계로 내려 왔는데, 무기를 무력화시키는 둥근테가 바로 금강탁이었던 것이다. 이 사실을 알고 화가 난 태상노군은 직접 하계로 내려와서 금강탁으로 소의 코를 꿰어 데려감으로 사건은 일단락 된다.

〈 관세음보살과 묘일성관(卯日星官)의 도움 〉

비파동(琵琶洞)(자료15)도 금두동(金兜洞)(자료14)와 마찬가지로 상계(上界)의 여러 존재가 도움을 주는 경우이다. 당시 요괴의 도마독장(倒馬毒椿)에 손오공이 부상을 당하고, 팔계가 손오공을 대신해서 덤볐지만 역시 그 무기에 입술이 쏘여버린다. 이렇게 해서 쩔쩔매고 있을 때 관세음보살이 나타나서 이번에는 묘일성관(卯日星官)이 요괴를 물리칠 수 있다고 알려준다. 관세음보살에게서 사건해결의 열쇠를 얻은 손오공은 즉시 이 요괴를 물리칠 수 있는 묘일성관을 찾는다. 묘일성관의 본상(本像)은 두개의 벼슬을 지닌 수탉으로 요괴의 본상인 전갈을 공격해서 죽여 버린다.

〈 사대금강(四大金剛)과 이천왕부자(李天王父子)의 도움 〉

화염산(火焰山)(자료17)에서 손오공 일행은 파초선을 얻기 위해 고생

한다. 특히 일행은 우마왕 가족과 여러번 격전을 치른다. 첫번째로 나찰녀와의 대결에서 그녀가 파초선을 부쳤기 때문에 손오공은 밤새 내내 바람에 밀려갔다가 영길보살이 사는 소수미산(小須彌山)에 도착해서야 겨우 몸을 추스릴 수 있었으며, 보살에게 받은 정풍단(定風丹)으로 파초선의 바람을 이길 방법을 얻게 된다. 둘째로 손오공과 우마왕과의 대결에서는 직접 둘이 다투지만 마왕이 갑자기 친척의 잔치 참석 때문에 대결을 그만두자 손오공은 싸움의 대상을 잃게 된다. 이 때에 손오공은 즉시 변신술로 우마왕이 되어 나찰녀에게 가서 진짜 파초선을 손에 넣는다. 손오공이 우마왕으로 변해서 진짜 파초선을 손에 넣는 것까지는 별 문제가 없었으나, 이번에는 반대로 우마왕이 팔계로 변신해서 손오공로부터 파초선을 다시 자신의 손에 넣게 된다. 손오공은 파초선을 빼앗긴 상태에서 우마왕과 힘겹게 싸움을 하고 있는데 뜻하지 않게 원조자를 맞게 된다. 즉 여래는 사대금강(四大金剛)을 파견하고, 옥제는 탁탑이천왕과 나타태자를 보낸 것이다. 이런 원조자들과 함께 손오공은 다시 전세를 역전시킬 수 있었다.

〈 여산노모(黎山老母)와 비람파보살(毘藍婆菩薩) 〉

반사동(盤絲洞)(자료23)에서는 다목괴(多目怪)의 법력이 너무 강해서 손오공이 자신의 재주를 쓸 수 없었다. 이때에 자연스럽게 여산노모(黎山老母)가 등장해서 이 요괴를 항복시킬 수있는 존재는 비람파보살(毘藍婆菩薩)이라고 충고를 하고 간다. 비람파보살은 100여년간 문밖출입을 하지 않는 처지였지만 삼장일행의 구경(求經)의 선과(善果)를 헛되이 할 수 없다면서, 가는 바늘을 다목괴의 금광(金光)이 비치는 곳으로 던진다. 이 바늘의 신통력으로 인해서 다목괴의 금광은 꺼진다. 그리고 비람파보살은 해독환(解毒丸) 세 알을 손오공에게 주고 떠난다. 이 약으로 손오공은 독약으로 죽어가는 삼장, 팔계, 사승을 구한다.

5. 싸움의 의미

여기에서 주안점을 둔 것은 《서유기》에 나타나는 싸움의 구조와 양상이다. 싸움에 있어서는 주인공 일행의 내부적 갈등도 있지만, 이 소설의 뼈대를 이루는 내용은 외부적 싸움이다. 그래서 외부적 싸움에 대한 분석이 많은 분량을 차지했으며, 이를 통해 삼장 일행이라는 존재와 적대적 위치에 있는 요괴들이란 《서유기》 전체에 있어서 어떤 의미를 지니는가 하는 질문에 대한 답변을 이끌어 낼 수 있었다.

우리는 이처럼 개별적인 자료를 통해서 다음과 같은 사항을 파악하였다.

첫째, 요괴들은 우리가 일반적으로 생각하는 대로 악한 요소만 있는 것이 아니라 때로는 인간에게 도움을 주기도 하고, 때로는 요괴들의 역할 자체가 인간의 지난 죄업을 씻어주는 역할을 하기도 한다. 혹은 주인공 일행에게 원조자가 되는 관세음보살이 요괴를 사주해서 악행을 시키기도 한다. 그리고 요괴 가운데에서는 천상에서 이룰 수 없는 사랑의 완성을 위해 지상에 내려온 경우도 있다.

둘째, 요괴들의 집단은 크게 두가지로 구분할 수 있다. 하나는 계보적 요괴집단이며 다른 하나는 개별적 요괴집단이다. 계보적 요괴인 경우에는 그들의 생활범주가 인간들의 양태를 그대로 닮고 있다. 즉 계보적 요괴집단은 인간세계와 비슷한 족벌을 이루고 있었다. 그리고 개별적 요괴인 경우에는 대부분이 천상에서 하계로 내려오길 원해서 내려온 존재이다.

셋째, 싸움 시작의 양상은 네 가지로 나누어서 분석해 보았다. 하나는 요괴들이 의도적으로 삼장을 기다린 경우이고 둘은 요괴들이 우연히 삼장 일행을 만나서 싸움을 거는 경우가 있다. 이 두 형태는 공통적으로 요괴들이 먼저 싸움을 걸어온 경우이다. 셋은 싸움에 있어서 중심적인 역할을 하는 손오공이 요괴들의 흉폭성을 듣고 직접 요괴들과 싸움을 하는 경우, 넷은 손오공 일행이 여행길에 요괴의 존재가 장애가 되므로 그들에게 싸움을 거는 경우도 있다. 싸움 시작의 형태에 있어서 이 네 가지 경우 중에 손오공 일행이 우연히 요괴를 만나게 되어 요괴들이 먼저 싸움을 거는 마지막 경우가 가장 많음을 알 수 있다.

넷째, 요괴들에 대한 대처 양상에 있어서 하나는 주인공 일행들의 활약으로 요괴들을 물리친 경우가 있다. 이 때 대부분의 사건은 손오공이 나서서 활약하며, 드물게 팔계가 합세하는 경우도 있다. 그런데 자료4 선불점화(仙佛占化)에서 특이한 점은 신(神)·마(魔)의 싸움이라는 대결구조에서 당연히 선(善), 혹은 당연히 악(惡)의 위치에 있어야 할 존재들이 '역할의 도치'를 보이는 점이다. 즉 보살들이 주인공 일행의 진심을 알기 위해 요괴 역할을 하는 것이다. 둘은 주인공 일행의 힘만으로는 요괴를 대처할 만한 능력이 없기 때문에 원조자가 등장하는데, 이 원조자 중에서 불교적 존재가 도움을 주는 경우이다. 불교적 존재들 가운데에서 **관세음보살**이 가장 많은 도움을 주는데, 이것은 아마도 관세음보살이 사람에게 가장 자비스러운 보살로 생각되기 때문일 것이다. 셋은 원조자의 유형 중에 도교적 존재가 도움을 주는 경우이다. 이들 집단에서 오는 도움의 양상은 다양하다. 그리고 넷은 불교적 존재와 도교적 존재가 함께 나타나는 경우인데, 이런 경우에서는 두 세계의 존재들이 차례로 도움을 주는 경우도 있고, 함께 등장하는 경우도 있다.

《서유기》 전체 이야기에서 가장 큰 흐름은 '완전(完全)에의 추구(追求)'라고 보인다. 이것은 표면적으로는 여래에게서 경을 얻는 것으로 표현되고 있으나, 내면적으로는 오합지졸의 무리인 삼장 일행(俗)에서 완전의 상징인 천상의 신적 존재(聖)로 격상되는 과정으로 그려내고 있다. 이런 완전에의 추구에서 장애물인 요괴들이 등장하는 것은 예상할 수 있는 일이며, 주인공 일행은 이러한 요괴들과 싸울 수밖에 없다.

그래서 삼장 일행에게는 적대적 존재인 요괴들이 《서유기》에서는 삼장 일행만큼이나 이야기의 진행에 있어서 중요하다. 거꾸로 생각한다면 《서유기》에서 흥미의 초점은 이 요괴들이라고 할 수도 있을 것이다. 이 요괴들은 삼장 일행의 성공을 돕기 위해 등장하며, 주인공들과 떨어져 생각할 수 없는 존재이므로 이들은 '의도된 요괴'라고 볼 수 있으며, 완전을 이루기 위한 필요불가결의 요소라고도 볼 수 있다.

그리고 중국소설사적인 관점에서 보자면 요괴들의 개성을 표현했다는 것은 소설가가 그들에게도 관심이 있고, 애정을 가졌다는 의미가 될 것이다. 그리고 이것은 소설가의 관점이 주인공 일행에게만

머물러 있는 것이 아니라 한 걸음 나아가 악역을 맡고 있는 여타 인물에도 머물렀으며, 이것은 '소설가의 관점 확대'라고 볼 수 있다. 그리고 싸움 묘사에 있어서도 싸움의 양상 자체가 다양하게 전개되고, 등장인물의 모습이나 무기까지도 자세하게 묘사될 수 있던 것은 당시에 있었던 백화(白話)의 사용으로 가능했을 것이다. 즉《서유기》의 싸움묘사가 독자들의 큰 흥미를 끌 수 있었던 것은 이러한 백화소설(白話小說)의 등장으로 묘사가 세밀해진 데에 있었던 듯 싶으며, 이런 측면에서《서유기》는 백화소설의 전형을 보여주는 작품이라고 할 수 있을 것이다.

《서유기》안에서의 싸움, 대결구조는 우리가 일상 속에서 갈등하는 여러 갈등요소의 과장된 형태로 볼 수 있으며, 삼장 일행이 마침내 팔십일난(八十一難)을 겪어내는 과정은 독자들에게도 비슷한 감정의 정화과정을 유도했을 것이다. 바로 이런 점 때문에《서유기》는 역사 속에서 끊임없이 독자들을 만날 수 있었을 것이다.

인용자료표

....

124) 이 분류표는 WWW. CND. ORG에 분류되어 있는 것을 기본으로 해서 작성
하였다. 그런데 원 분류표는 본문의 내용과는 동떨어지게 회목을 나누어 놓는
경우도 있었다. 그래서 필자는 원 분류표를 수정하여 좀더 엄밀하게 분류하였
다. 필자가 새로 작성한 부분에는 *표를 달았다.

흑풍산의 요괴는 삼장의 가사를 훔쳐가다.

觀音院僧謀寶貝　　黑風山怪竊袈裟

제십칠회　　손오공은 흑풍산에서 크게 싸움을 벌이고
　　　　　　관음보살은 나타나서 요괴를 굴복시키다.

孫行者大鬧黑風山　　觀世音收伏熊羆怪

* 황풍령(黃風嶺) (자료번호 3)

제이십회　　당승은 황풍령에서 재난을 만나고
　　　　　　팔계는 산허리에서 용맹을 떨치다.

黃風嶺唐僧有難　　半山中八戒爭先

제이십일회　호법가람은 눈병을 고쳐주고
　　　　　　영길보살은 황풍괴를 잡아가다.

護法設庄留大聖　　須彌靈吉定風魔

* 선불점화(仙佛占化) (자료번호 4)

제이십삼회　삼장은 본분을 지켜 마음이 흔들리지 않고
　　　　　　네 성현은 미인계로 선심을 시험해 보다.

三藏不忘本　　　　四聖試禪心

인삼과(人參果) (자료번호 5)

제이십사회　만수산에서 진원자는 옛 친구를 머물게 하고
　　　　　　오장관에서 오공은 인삼과를 훔쳐먹다.

萬壽山大仙留故友　　五庄觀行者竊人參

제이십오회   진원대선은 뒤쫓아가서 삼장 일행을 붙잡고
          손오공은 오장관에서 인삼나무를 뽑아버린다.
          鎭元仙趕捉取經僧   孫行者大鬧五庄觀

제이십륙회   손오공은 세 섬을 찾아다니며 처방을 구하고
          관세음은 감로수를 뿌려 인삼나무를 살리다.
          孫悟空三島求方   觀世音甘泉活樹

삼타백골정(三打白骨精) (자료번호 6)

제이십칠회   백골정은 당삼장을 세 차례 놀려먹고
          당나라 성승은 화가나서 손오공을 내쫓다.
          尸魔三戲唐三藏   聖僧恨逐美猴王

* 보상국(寶象國) (자료번호 7)

제이십팔회   화과산으로 요괴들이 다시 모이고
          흑송림에서 삼장이 요마와 만나게 되다.
          花果山群妖聚義   黑松林三藏逢魔

제이십구회   삼장은 재난에서 벗어나 보상국에 이르고
          팔계는 은혜를 입어 흑송림에 찾아가다.
          脫難江流來國土   承恩八戒轉山林

제삼십회   요괴는 요사스런 법술로 정법을 침범하고
          백마는 의리를 지켜 오공을 생각하다.
          邪魔侵正法   意馬憶心猿

제삼십일회　저팔계는 의리로 미후왕을 분발시키고
　　　　　　손행자는 지혜로 황포괴를 굴복시키다.
　　　　　　猪八戒義激猴王　　　孫行者智降妖怪

평정산(平頂山) (자료번호 8)

제삼십이회　평정산에서 공조가 소식을 전해주고
　　　　　　연화동에서 저팔계가 조난을 당하다.
　　　　　　平頂山功曹傳信　　　蓮花洞木母逢災

제삼십삼회　외도의 말에 삼장은 천성이 흐려지고
　　　　　　천상의 원신들은 손오공을 도와주다.
　　　　　　外道迷眞性　　　　　元神助本心

제삼십사회　마왕의 계책에 미후왕은 곤경에 빠지고
　　　　　　오공은 바꿔치기로 보물을 빼앗아내다.
　　　　　　魔王巧算困心猿　　　大聖騰那騙寶貝

제삼십오회　외도가 위세를 부려 바른 마음 속이고
　　　　　　오공은 보배를 얻어 요괴를 굴복시키다.
　　　　　　外道施威欺正性　　　心猿獲寶伏邪魔

* 오계국(烏雞國) (자료번호 9)

제삼십칠회　귀왕은 밤중에 나타나 당승을 배알하고
　　　　　　오공은 둔갑을 해서 태자를 이끌어오다.
　　　　　　鬼王夜謁唐三藏　　　悟空神化引嬰兒

제삼십팔회 태자는 어머니에게 물어 가짜왕을 눈치채고
오공은 저팔계를 시켜 진짜왕을 알아내다.
嬰兒問母知邪正　　金木[125]參玄見假眞

제삼십구회 오공은 하늘에 올라가 금단을 얻어오고
죽었던 국왕은 3년 만에 되살아나다.
一粒丹砂天上得　　三年故主世間生

홍해아(紅孩兒) (자료번호 10)

제사십회 홍해아는 삼장을 희롱해 선심을 흐리게 하고
손오공은 팔계를 타일러 마음을 돌리게 하다.
嬰兒戲化禪心亂　　猿馬刀歸木母空

제사십일회 오공은 불을 만나 싸움에서 지고
팔계는 속임수에 속아 넘어가 요괴에게 잡히다.
心猿遭火敗　　木母被魔擒

제사십이회 손오공은 엎드려 관세음보살을 배알하고
보살은 자비심을 베풀어 요괴를 잡다.
大聖殷勤拜南海　　觀音慈善縛紅孩

* 흑하룡(黑河龍) (자료번호 11)

제사십삼회 흑수하의 요괴는 담삼장을 채어가고

• • • • • • • • • • • •
125) 금목(金木)은 금공(金公)과 목모(木母)를 말하는데 이것은 바로 오행(五
行)으로써 손오공과 저팔계를 지칭하는 말이다.

서해바다 용은 요마를 잡아오다.

黑河妖孽擒僧去　　　西洋龍子捉鼉回

* 차지국(車遲國) (자료번호 12)

제사십사회　삼장일행은 수레 끄는 중들을 만나고
　　　　　　정직한 오공은 피난소를 지나가다.

法身元運逢車力　　　心正妖邪度脊關

제사십오회　삼청관에서 손대성은 이름을 남기고
　　　　　　차지국에서 미후왕은 신통력을 부리다.

三淸觀大聖留名　　　車遲國猴王顯法

제사십륙회　외도는 제 힘만 믿고 정법을 업신여기고
　　　　　　오공은 의롭게도 요괴들을 해치우다.

外道弄强欺正法　　　心猿顯聖滅諸邪

통천하(通天河) (자료번호 13)

제사십칠회　삼장은 밤중에 통천하에서 길이 막히고
　　　　　　손오공과 저팔계는 자비롭게 동남동녀를 구하다.

聖僧夜阻通天水　　　金木垂慈救小童

제사십팔회　요괴는 찬바람 일으켜 큰눈을 퍼붓고
　　　　　　삼장은 부처님 뵈올 일념으로 빙판을 지나다.

魔弄寒風飄大雪　　　僧思拜佛履層冰

제사십구회　삼장은 조난을 당해서 수부에 갇히고

관음은 손오공을 위해 고기잡는 바구니를 만들다.
三藏有災沉水宅　　觀音救難現魚籃

금두동(金兜洞) (자료번호 14)

　제오십회　애욕에 눈이 멀어 부질없이 날뛰고
　　　　　　어리석게 마음이 흐려 요괴와 맞닥뜨리다.
　　　　　　情亂性從因愛欲　　神昏心動遇魔頭

　제오십일회　손오공의 온갖 계책 수포로 돌아가고
　　　　　　　물과 불로도 요괴를 정복하지 못하다.
　　　　　　　心猿空用千般計　　水火無功難煉魔

　제오십이회　오공은 금두동에서 소동을 일으키고
　　　　　　　여래는 은근히 요괴의 주인을 알려주다.
　　　　　　　悟空大鬧金兜洞　　如來暗示主人公

* 비파동(琵琶洞) (자료번호 15)

　제오십오회　요괴는 색으로 삼장을 유혹하고
　　　　　　　삼장은 용케도 본분을 지켜내다.
　　　　　　　色邪淫戲唐三藏　　性正修持不壞身

진가행자(眞假行者) (자료번호 16)

　제오십륙회　오공은 노하여 좀도적을 때려죽이고
　　　　　　　삼장은 어리석게 미후왕을 돌려보내다.
　　　　　　　神狂誅草寇　　道迷放心猿

제오십칠회　진짜 오공은 낙가산에서 억울함을 호소하고
　　　　　　　가짜 미후왕은 수렴동에서 문첩을 읽어보다.
　　　　　　　眞行者落伽山訴苦　　假猴王水帘洞謄文

제오십팔회　두 오공은 하늘과 땅을 소란케 하고
　　　　　　　한 몸에 진짜 적멸 이루기 쉽지 않다.
　　　　　　　二心攪亂大乾坤　　　一體難修眞寂滅

화염산(火焰山) (자료번호 17)

제오십구회　당삼장은 화염산에서 길이 막히고
　　　　　　　오공은 파초선을 처음으로 부쳐보다.
　　　　　　　唐三藏路阻火焰山　　孫行者一調芭蕉扇

제육십회　　우마왕은 싸우가다 중간에 연회장으로 가버리고
　　　　　　　손행자는 두 번째로 파초선을 손에 넣다.
　　　　　　　牛魔王罷戰赴華筵　　孫行者二調芭蕉扇

제육십일회　저팔계의 도움으로 손오공은 마왕을 굴복시키고
　　　　　　　손행자는 세 번째 파초선을 가져오다.
　　　　　　　猪八戒助力敗魔王　　孫行者三調芭蕉扇

금광사(金光寺) (자료번호 18)

제육십이회　심신을 깨끗이 하여 불탑을 쓸고
　　　　　　　마왕을 묶어 바른 길로 이끌어 들이다.
　　　　　　　滌垢洗心惟掃塔　　縛魔歸主乃修身

제육십삼회　　두 화상은 요괴를 무찔러 용궁을 뒤흔들고
　　　　　　　여섯 성현은 오공을 도와 보물을 되찾다.
　　　　　　　二僧蕩怪鬧龍宮　　　群聖除邪獲寶貝

* 형극령(荊棘嶺) (자료번호 19)

제육십사회　　형극령에서 저팔계는 길을 헤쳐나가고
　　　　　　　목선암에서 삼장은 시를 지어보다.
　　　　　　　荊棘嶺悟能努力　　　木仙庵三藏談詩

* 소뇌음사(小雷音寺) (자료번호 20)

제육십오회　　요괴는 가짜 뇌음사를 만들어 놓고
　　　　　　　네 사제는 모두 큰 재난을 만나다.
　　　　　　　妖邪假設小雷音　　　四衆皆逢大厄難

제육십육회　　여러 천신들 요괴를 당해내지 못하고
　　　　　　　미륵보살 마침내 요괴를 사로잡다.
　　　　　　　諸神遭毒手　　　　　彌勒縛妖魔

* 타라장(駝羅莊) (자료번호 21)

제육십칠회　　타라장에서 요괴를 없애 선심이 안정되고
　　　　　　　오물을 피해 떠나니 도심이 맑아지다.
　　　　　　　拯救駝羅禪性穩　　　脫離穢汚道心淸

* 주자국(朱紫國) (자료번호 22)

제육십팔회　주자국에서 당승은 전생을 논하고
　　　　　　손행자는 의원이 되어 시혜를 베풀다.
　　　　　　朱紫國唐僧論前世　　孫行者施爲三折肱

제육십구회　오공은 한밤에 환약을 빚어내고
　　　　　　군주는 연회에서 요괴에 대해 말하다.
　　　　　　心主夜間修藥物　　君王筵上論妖邪

제칠십회　　요마는 보물로 불모래를 내뿜고
　　　　　　오공은 계교를 써서 금방울을 훔치다.
　　　　　　妖魔寶放煙沙火　　悟空計盜紫金鈴

제칠십일회　오공은 가짜 이름으로 요괴를 물리치고
　　　　　　관음은 현신해서 요왕을 잡아가다.
　　　　　　行者假名降怪孔　　觀音現像伏妖王

반사동(盤絲洞) (자료번호 23)

제칠십이회　반사동에서 일곱 요마는 삼장을 유혹하고
　　　　　　탁구천에서 저팔계는 체통을 잃어버리다.
　　　　　　盤絲洞七情迷本　　濯垢泉八戒忘形

제칠십삼회　요괴들은 원한을 품어 삼장을 독살하려 하고
　　　　　　오공은 요마의 금빛을 깨뜨리다.
　　　　　　情因舊恨生災毒　　心主遭魔幸破光

사타산(獅駝山) (자료번호 24)

제칠십사회　태백금성은 마왕의 사나움을 알려주고
　　　　　　오공은 둔갑술로 재주를 부리다.
　　　　　　長庚傳報魔頭狠　　　行者施爲變化能

제칠십오회　오공은 보배병에 구멍을 뚫어내고
　　　　　　마왕은 오공에게 잡혀 대도로 돌아오다.
　　　　　　心猿鑽透陰陽體　　　魔主還歸大道眞

제칠십륙회　오공은 마왕의 뱃속에 들어가 그를 굴복시키고
　　　　　　저팔계는 힘을 합쳐 마왕의 진상을 밝히다.
　　　　　　心神居舍魔歸性　　　木母同降怪體眞

제칠십칠회　마왕은 삼장을 붙잡아 궤 속에 집어넣고
　　　　　　손오공은 여래불을 찾아뵙다.
　　　　　　群魔欺本性　　　　　一體拜眞如

비구국(比丘國) (자료번호 25)

제칠십팔회　비구국의 가련한 아이들에게 구조의 신들이 도착하고
　　　　　　금란정에서 요마를 간파하고 도덕을 논하다.
　　　　　　比丘憐子遺陰神　　　金殿識魔談道德

제칠십구회　동굴을 찾아 요괴를 잡다가 수성을 만나고
　　　　　　조정에 들어가 국왕을 간하고 아이들을 구하다.
　　　　　　尋洞擒妖逢老壽　　　當朝正主見嬰兒

무저동(無底洞) (자료번호 26)

제팔십회　요녀는 양기를 기른 배우자를 알아보고
　　　　　손오공은 주인을 보호하여 요마를 식별하다.
　　　　　姹女育陽求配偶　　　心猿護主識妖邪

제팔십일회　진해사에서 손오공은 요괴의 정체를 알아내고
　　　　　　흑송림에서 세 제자는 삼장을 찾아 헤매다.
　　　　　　鎭海寺心猿知怪　　　黑松林三衆尋師

제팔십이회　요괴는 삼장의 양기를 얻으려 하고
　　　　　　삼장은 도를 지켜 요괴의 유혹을 물리치다.
　　　　　　姹女求陽　　　　　　元神護道

제팔십삼회　손오공은 요괴의 근본을 알아내고
　　　　　　요괴는 마침내 본성으로 돌아가다.
　　　　　　心猿識得丹頂　　　姹女還歸本性

연환동(連環洞) (자료번호 27)

제팔십사회　보살은 오공에게 앞길의 험난함을 알려주고
　　　　　　오공은 술법으로 멸법왕의 머리를 밀어주다.
　　　　　　難滅伽持圓大覺　　　法王成正體天然

제팔십오회　오공은 팔계를 놀리고
　　　　　　요마는 계책을 써서 삼장을 채어가다.
　　　　　　心猿妒木母　　　　　魔王計呑禪

제팔십륙회 팔계는 위력으로 요괴를 정벌하고
오공은 법술로써 마왕을 멸하다.
木母助威征怪物　　金公施法滅妖邪

옥화성(玉華城) (자료번호 28)

제팔십칠회 봉선군은 하늘의 노여움을 사서 가뭄이 들고
손대성은 선행을 권해서 단비를 내리게 하다.
鳳仙郡冒天止雨　　孫大聖勸善施霖

제팔십팔회 삼장은 옥화땅에서 법회를 열고
오공과 팔계, 그리고 오정은 사람들을 가르치다.
禪到玉華施法會　　心猿木土授門人

제팔십구회 황사정은 헛되어 무기를 자랑하는 연회를 열고
세 형제는 계책을 써서 표두산을 공격하다.
黃獅精虛設釘鈀宴　　金木土計鬧豹頭山

제구십회 스승도 사자도 결국에는 하나로 돌아가고
도둑도사 구령정은 마침내 길들여지다.
師獅授受同歸一　　盜道纏禪靜九靈

청룡산(靑龍山) (자료번호 29)

제구십일회 금평부에서 대보름날 등 구경을 하고
현영동에서 당승은 탄원을 하다.
金平府元夜觀燈　　玄英洞唐僧供狀

제구십이회   세 제자는 청룡산에서 크게 싸우고
            네 성신은 물소 요마를 에워싸서 잡다.
            三僧大戰靑龍山   四星挾捉犀牛怪

천축국(天竺國) (자료번호 30)

제구십삼회   급고원에서 옛일을 물어 인과를 논하고
            천축국에서 왕을 배알하고 배필을 맞이하다.
            給孤園問古談因   天竺國朝王遇偶

제구십사회   네 화상은 어화원에서 즐겁게 노닐고
            한 요괴는 정욕을 기쁨 맛보려고 헛된 생각을 품는다.
            四僧宴樂御花園   一怪空懷情欲喜

제구십오회   가짜가 진짜와 합치려다 옥토끼 잡히게 되고
            상아는 바른 길로 들어서 영원과 합쳐지다.
            假合眞形擒玉兎   眞陰歸正會靈元

참고문헌

〈국내문헌〉

곽철환, 《시공 불교사전》, 서울 : 시공사, 2003년.

김영수, 〈西遊記宗敎思想硏究〉, 연세대 석사논문, 1990.

나선희, 〈라마야나, 게사르전, 《서유기》- 실크로드 위 서사작품의 비교〉, 《중국문학》, 제72집, 한국중국어문학회, 2012.

나선희, 〈서사시 《라마야나》와 중국소설 《西遊記》의 관련성에 대해 - 하누만과 손오공을 중심으로〉, 《중국문학》, 제26집, 한국중국어문학회, 1996년.

나선희, 〈사천성박물원(四川省博物院) 소장본 게사르전 탕카의 초보적 시탐 - 게사르왕, 龍王祖納仁欽, 念欽多杰巴瓦則, 戰神九兄弟〉, 《중국문화연구》, 제52호, 중국문화연구학회, 2021.

나선희, 《실크로드로의 초대-서유기 · 게사르전 · 라마야나》, 서울 : 학고방, 2017.

로페즈 주니어 저, 정희은 옮김, 《샹그릴라의 포로들》, 서울 : 창비, 2013.

지토편집부, 박철현 역, 《1만년의 이야기 티베트》, 서울 : 새물결 출판사, 2011.

빅터 메어 지음, 김진곤 · 정광훈 옮김, 《그림과 공연 - 중국의 그림 구연과 그 인도 기원》, 서울 : 소명출판, 2012.

오승은(吳承恩) 저, 안의운(安義運) 역, 《서유기》, 삼성출판사, 1993.

유원수 역, 《몽골 대서사시 게세르 칸》, 서울 : 사계절출판사, 2007년.

윤태순, 〈西遊記大鬧天宮硏究〉, 숙명여대 석사논문, 1981.

이동하, 《한국문학 속의 도시와 이데올로기》, 서울 : 태학사, 1999년.

이상익,《한중소설의 비교문학적 연구》, 삼영사, 1983.
일리야 N. 마다손 채록, 양민종 옮김,《바이칼의 게세르신화》, 서울 : 도서
　　출판 솔, 2008년.
지명,《한권으로 읽는 불교교리》, 서울 : 조계종출판사, 2015년.
지토편집부, 박철현 역,《1만년의 이야기 티베트》, 서울 : 새물결, 2011.
펑잉취엔 저, 김승일 역,《티베트 종교 개설》, 서울 : 엠애드, 2012.
하비 콕스 지음, 구덕관 외 옮김,《세속도시》, 서울 : 대한기독교서회, 1993년.
한동석,《우주변화의 원리》, 행림출판, 1985.
화정박물관,《티베트의 미술》, 서울 : 한빛문화재단, 1999.

〈중국문헌〉

-논문-

姜　雲,〈西游記一部以象徵主義爲主要特色的作品〉,《中國古代近代文學硏
　　究》, 1987.2.
顧　農,〈魯迅與胡適關于西游記的通信及爭論〉,《中國古代近代文學硏究》,
　　1981.14.
古　今,〈《客薩爾》與《羅摩衍那》的比較硏究〉,《西北民族學院學報》, 1996年,
　　第2期.
高明閣,〈西游記裏的神魔問題〉,《中國古代近代文學硏究》, 1981.22.
高明閣,〈西游記的神魔問題〉,《文學遺産》, 2集 (118-127), 1981.
盧鐵澎,〈印度古代美意識的矛盾性-從史詩《羅摩衍那》說起〉,《國外文學》, 2001
　　年, 第1期.
冷銓淸,〈西游記的主旋律和創作方法〉,《中國古代近代文學硏究》, 1987.8.
劉懷玉,〈吳承恩作西游記二證〉,《中國古代近代文學硏究》, 1987.1.
李谷鳴,〈西游記中孫悟空原形新論〉,《中國古代近代文學硏究》, 1987.2.
李時人,〈西游記版本考〉,《中國古代近代文學硏究》, 1986.9.

李希凡,〈神魔皆有人性,精魅亦通世故〉,《中國古代近代文學研究》, 1986.9.

馬興國,〈西游記在日本的流傳及影響〉,《中國古代近代文學研究》, 1988.7.

孟昭毅,〈《羅摩衍那》人文精神的現代闡釋〉,《外國文學研究》, 1999年, 第3期.

方　勝,〈關于西游記祖本問題的不同意見〉,《中國古代近代文學研究》, 1985.12.

方　勝,〈談談西游記主題的基本性質〉,《中國古代近代文學研究》, 1986.11.

方　勝,〈對西游記總體認識地岐見綜述〉,《中國古代近代文學研究》, 1988.7.

方　勝,〈西游記是一部游戲之作〉,《中國古代近代文學研究》, 1988.6.

白化文,〈佛教對中國神魔小說之影響二題〉,《中國古代近代文學研究》, 1986.12.

索　代,〈《羅摩衍那》與《格薩爾王傳》〉,《西藏藝術研究》, 2001年 3月.

徐貞姬,〈西遊記八十一難研究〉, 臺灣 輔仁大 碩士論文, 1981.

蘇　興,〈西遊記的四聖試禪心事〉, 明淸小說研究(第2集),《中國文聯》, 1985.

蘇　興,〈西游記的玉黃大帝・如來佛・太上老君探考〉,《中國古代近代文學研
　　究》, 1988.5.

蘇　興,〈也談百回本西游記是否吳承恩所作〉,《中國古代近代文學研究》, 1985.2.

蕭登福,〈西遊人物溯原〉,《東方雜誌》, 19卷11期, 1986.

顔景常,〈從飮食習俗看西游記的淮海色彩〉,《中國古代近代文學研究》, 1987.9.

楊　俊,〈論西游記的民族色彩〉,《中國古代近代文學研究》, 1987.11.

楊子堅,〈吳承恩著西游記詳證〉,《中國古代近代文學研究》, 1988.1.

嚴敦易,〈談談西游記的一些問題〉,《中國古代近代文學研究》, 1982.11.

余維欽,〈淺議文學上的象徵和象徵主義(兼論西游記是否象徵主義作品的問題)〉,
　　《中國古代近代文學研究》, 1988.10.

倪長庚,〈關于孫悟空原形的藝術淵源問題爭論的回顧〉,《中國古代近代文學研
　　究》, 1987.2.

吳聖昔,〈啓示深邃耐于尋美-論西遊記的哲理性〉,《明淸小說研究》, 第2集,
　　中國文聯, 1985.

吳聖昔,〈西游記一游戲筆墨的藝術結晶〉,《中國古代近代文學研究》, 1989.3.

吳聖昔,〈涉筆成趣 妙在自然-西游記的諧謔性〉,《文學遺産》, 3集, 1987.

王　愷,〈西游記小說語辭補釋〉,《中國古代近代文學研究》, 1986.12.

王守泉, 〈西游原旨成書年代及版本原流考〉, 《中國古代近代文學研究》, 1986.3.

王燕萍, 〈試論西游記的主題思想〉, 《中國古代近代文學研究》, 1985.10.

王永生, 〈魯迅論西游記〉, 《中國古代近代文學研究》, 1982.16.

王　浩, 〈策·達木丁蘇倫與《羅摩衍那》蒙古本土化研究〉, 《內蒙古民族大學學報》, 2006年, 第2期.

韋　航, 〈西遊原旨幷非新發明〉, 《中國古代近代文學研究》, 1986.5.

劉光華, 〈西遊記里的政治意識〉, 聯合月刊, 60期, 1986.

應霽民, 〈爭脫政治圖解式的束縛, 西游記研究重提胡適論點〉, 《中國古代近代文學研究》, 1987.1.

李　郊, 〈從《客薩爾王傳》與《羅摩衍那》的比較看東方史詩的發展〉, 《四川師範大學學報》, 1994年, 4月.

李連榮, 〈四川博物院藏11 幅格薩爾唐卡畫的初步研究 一 關於《格薩爾》史詩的故事系統〉, 西藏研究, 2016年, 12月, 第6期.

李連榮, 〈四川博物院藏11幅格薩爾唐卡畫的初步研究 一 關於繪製時間問題〉, 民間文化論壇, 2016年, 第4期.

仁欠卓瑪, 〈《羅摩衍那》的敦煌古藏文譯本和漢文譯本的比較〉, 《西藏研究》, 2003年, 第3期.

張錦池, 〈究竟是主張制約 童心 , 還是鼓吹放從 童心〉, 《中國古代近代文學研究》, 1985.16.

張錦池, 〈論西游記藝術結構的完整性與獨創性〉, 《中國古代近代文學研究》, 1988.1.

張錦池, 〈論孫悟空的血緣問題〉, 《中國古代近代文學研究》, 1987.11.

張德倫, 〈大聖·行者·佛(漫論孫悟空)〉, 《中國古代近代文學研究》, 1985.2.

張乘健, 〈論西游記的宗教思想〉, 《中國古代近代文學研究》, 1988.4.

張靜二, 〈論沙僧〉, 《中國古代小說研究》, 上海古籍, 1983.

趙慶元, 〈西游記新議三題〉, 《中國古代近代文學研究》, 1988.11.

趙明政, 〈也談西游記中神佛與妖魔的關係〉, 《中國古代近代文學研究》, 1982.24.

曹仕邦, 〈西遊記若干情節的本源入探〉, 《中國學人》, 1期, 1970.

曹任邦,〈西游記若干情節的本源三探〉,《中國古代近代文學研究》, 1981.22.

鐘　揚,〈西游記作者新證〉,《中國古代近代文學研究》, 1989.10.

朱其鎧,〈論西游記的淮海色彩〉,《中國古代近代文學研究》, 1987.10.

朱迎平,〈孫悟空形象原形研究綜述〉,《中國古代近代文學研究》, 1985.18.

周中明,〈論吳承恩西游記對取經詩話的繼承和發展〉,《中國古代近代文學研
　　究》, 1987.6.

曾廣文,〈世間豈爲無英雄(西游記主題思想新探)〉,《中國古代近代文學研究》,
　　1986.2.

陳　澈,〈論西游記中神佛與妖魔的對立〉,《中國古代近代文學研究》, 1981.22.

陳　澈,〈西遊記校者華陽洞天主人新考〉,《明淸小說研究》, 第2集, 中國文聯,
　　1985.

陳　澈,〈西游記版本原流探幽〉,《中國古代近代文學研究》, 1989.2.

陳　澈,〈再談西游記中神魔的對立〉,《中國古代近代文學研究》, 1985.8.

陳志學‧周愛明,〈稀世珍寶《格薩爾》唐卡〉,《中国西藏》2004年, 第1期.

蔡國梁,〈陳士斌代西游記人物和情節結構的批評〉,《中國古代近代文學研究》,
　　1985.4.

馮　楊,〈西游記主題思想新探〉,《中國古代近代文學研究》, 1987.9.

刑治平‧曹炳建,〈西游記祖本新探〉,《中國古代近代文學研究》, 1989.2.

胡　曉,〈胡適西游記考證述評〉,《中國古代近代文學研究》, 1988.11.

洪文珍,〈改寫本西遊記人物造形之比較分析〉,《臺北師傳學報》, 14期, 1986.

黃慶萱,〈西遊記的象徵世界〉,《幼獅月刊》, 46卷 3期, 1977.

-단행본-

降邊嘉措‧周愛明,《藏族英雄史詩格薩爾唐卡》, 北京 :　中國畫報出版社,
　　2003.

季羨林,《羅摩衍那》(季羨林全集, 第22卷 - 第27卷), 外語教學與研究出版社,
　　2010年.

曲世宇 撰文 ; 吉布 圖文,《唐卡中的佛菩薩上師》, 西安 : 陝西師範大學出版

社, 2007.

郭紹虞 編,《中國歷代文論選》三冊, 上海古籍出版社, 1982.

魯　迅,《中國小說史略》, 北京 : 新華書局, 1930.

羅　揚 · 沈彭年,《說唱西游記(上下)》, 新華出版社, 1984.

梁啓超,《中國佛敎研究史》, 上海三聯書店, 1988.

李連榮,《格薩爾學芻論》, 北京 : 中國藏學出版社, 2008年.

李明漢,《佛敎典故匯釋》, 浙江古籍出版社, 1990.

林　庚,《西游記漫話》, 人民文學出版社, 1990.

林國光,《西游記別論》, 學林出版社, 1990.

方正耀,《中國小說批評史略》, 中國社會科學出版社, 1990.

傅世悅,《西遊補初探》, 學生書局(臺灣), 民國75.

四川省博物院 · 四川大學博物館 編著,《格薩爾唐卡研究》, 北京 : 中華書局,
　　　2012.

石泰安著 ; 耿昇譯 ; 陳慶英校訂,《西藏史詩和說唱藝人》, 北京 : 中國藏學
　　　出版社, 2005.

蘇　輿,《西游記及明淸小說研究》, 上海古籍出版社, 1989.

孫昌武,《佛敎與中國文學》, 上海人民出版社, 1989.

阿　來,《格薩爾王》, 重慶 : 重慶出版社, 2009.

楊致和,《西游記傳》, 人民文學出版社, 1984.

余象斗,《四遊記》, 上海古籍出版社, 1986.

吳聖昔,《西游新解》, 中國文聯出版公司, 1989.

吳承恩 著, 延邊人民文學出版社 譯,《西遊記(上中下)》, 人民文學出版社,
　　　1981.

吳承恩,《西游記(上中下)》, 人民文學出版社, 1989.

吳承恩,《西游記(上下)》, 中華書局, 1986.

吳承恩,《西游記》, 世界書局印行, 民國63.

吳承恩,《新說西游記圖像(上中下)》, 中國書店, 1985.

吳元泰 編,《四遊記》, 北方文藝出版社, 1985.

郁龍余 編,《中印文學關係源流》, 長沙 : 湖南文藝出版社, 1987年.

劉蔭柏 編,《西遊記研究資料》, 上海古籍出版社, 1990.

作家出版社 編,《西游記研究論文集》, 北京 : 作家出版社, 1957.

張靜二,《西游記人物研究》, 學生書局(臺灣), 民國73.

朱一玄 編,《古典小說版本資料選編》, 山西人民出版社, 1985.

陳民牛,《西游記外傳》, 浙江文藝出版社, 1986.

胡　適,《中國章回小說考證》, 上海書店印行, 1980.

胡光舟,《吳承恩和西遊記》, 上海古籍出版社, 1980.

〈서구 문헌〉

Alsace Yen, "A Technique of Chinese Fiction : Adaptation in the "Hsi-yu Chi" with Focus on Chapter Nine", *Chinese Literature: Essays, Articles, Reviews* 1:2, CLEAR, 1979.

David Jackson and Janice Jackson, *Tibetan Thangka Painting : Methods & Materials, Boulder*, Colorado : Shambhala : Distributed in the U.S. by Random House, 1984

David Paul Jackson, *A history of Tibetan painting : the great Tibetan painters and their traditions*, Wien : Verlag der Österreichischen Akademie der Wissenschaften, 1996.

David Paul Jackson, *The Nepalese legacy in Tibetan painting*, New York : Rubin Museum of Art, 2010.

Douglas J. Penick, *The warrior song of King Gesar*, Boston : Wisdom Publication, 1996.

Edited by V. Raghavan, *The Ramayana Tradition In Asia*, New Delhi : SAHITYA AKADEMI, 1980.

George Roerich, *Tibetan paintings*, Delhi : Gian Pub. House, 1985.

Glen Dudbridge, *The Hsi-yu chi*, Cambridge Univ, 1970.

Harvey Cox, *The secular city - secularization and urbanization in theological perspective*, New York : The Macmillan Company, Revised Edition, 1965, 1966.

J.W.de Jong, *The Story of Rama in Tibet - Text and Translation of the Tun-huang Manuscripts*, Boston : Wiesbaden, 1989.

Meir Shahar. "The Lingyin Si Monkey Disciples and The Origins of Sun Wukon". *Harvard Journal of Asiatic Studies* 52:1, Harvard-Yenching Institute, 1992.

Rolf Alfred Stein, *Recherches sur l'épopée et le barde au Tibet*, Paris : Presses universitaires de France, 1959.

색 인

(하)

그림과 사진의 출처

그림 1 : 四川省博物院·四川大學博物館 編著,《格薩爾格唐卡研究》, 北京
　　: 中華書局, 2012, 24쪽.
그림 4 : 四川省博物院·四川大學博物館 編著, 위의 책. 32쪽.
그림 7 : 샌프란시스코 아시아뮤지엄 소장 - 나선희 사진
그림 8 : 四川省博物院·四川大學博物館 編著, 앞의 책, 40쪽.
그림 11 : 쓰촨성박물원 소장 - 나선희 사진
그림 12 : 四川省博物院·四川大學博物館 編著, 앞의 책, 50쪽.
그림 15 : 쓰촨성박물원 소장 - 나선희 사진
그림 16 : 四川省博物院·四川大學博物館 編著, 앞의 책, 62쪽.
그림 19 : 四川省博物院·四川大學博物館 編著, 앞의 책, 76쪽.
그림 22 : 四川省博物院·四川大學博物館 編著, 앞의 책, 90쪽.
그림 25 : 四川省博物院·四川大學博物館 編著, 앞의 책, 102쪽.
그림 28 : 四川省博物院·四川大學博物館 編著, 앞의 책, 112쪽.
그림 31 : 四川省博物院·四川大學博物館 編著, 앞의 책, 126쪽.
그림 34 : 四川省博物院·四川大學博物館 編著, 앞의 책, 138쪽.

사진 1 : 네델란드의 Tropenmuseum 제공

저자 약력

나선희(羅善姬 : sunnyrha2002@naver.com)

서울대학교 중문학과를 졸업하고 동대학원에서 《《서유기》연구 - 허구적 세계에 대한 인식을 중심으로)로 박사학위를 취득하였다. 1994년에 교환유학생으로 일본 동경대학교에서 수학하였고, 2002년에는 중국의 소주대학교에서 연구하였다. 2004년부터 2006년까지 미국 일리노이대학(U.I.U.C.)에서, 그리고 2011년부터 2015년까지 버클리대학(U.C. Berkeley)에서 방문연구원으로 재직하였다. 현재는 서울대학교 인문학연구원 부설 중국어문학연구소의 객원연구원으로 있다. 주요 저작으로 《실크로드로의 초대 - 서유기 · 게사르전 · 라마야나》가 있고, 논문으로는 〈인도서사시 《라마야나》와 중국소설 《서유기》의 관련성에 대해〉, 〈《태평광기太平廣記》귀부鬼部에서 나타나는 이야기의 상호텍스트성과 공간인식〉 등이 있다.

게사르전 탕카와 서유기
실크로드위의 그림과 서사

초판 인쇄 2021년 6월 25일
초판 발행 2021년 6월 30일

지 은 이 | 나 선 희
펴 낸 이 | 하 운 근
펴 낸 곳 | 學古房

주   소 | 경기도 고양시 덕양구 통일로 140 삼송테크노밸리 A동 B224
전   화 | (02)353-9908 편집부(02)356-9903
팩   스 | (02)6959-8234
홈페이지 | http://hakgobang.co.kr/
전자우편 | hakgobang@naver.com, hakgobang@chol.com
등록번호 | 제311-1994-000001호

ISBN 979-11-6586-386-9 93820

값 : 13,500원